U0901947

随着年龄、见识、经历的增长，我越来越觉得，真正能成为朋友，必须是价值观一致的人。包括政治见解、社会观、名利观、正直度、基本底线，如若价值观不同，纵使一同吃喝玩乐也是应酬消磨，转身即如释重负，因为彼此的灵魂都厌透了。正如刘瑜所说，有些人注定是你生命中的癌症，而有些人不过是个喷嚏而已。

◆ ◆ ◆

这个时代 这些人

李佳佳——著

THE EPOCH OF BELIEF;
THE EPOCH OF INCREDULITY

中国文联出版社
http://www.clapnet.cn

序一

天真一点又怎样

崔永元

这一年（2015），我的《东方眼》停播在前，佳佳的《佳访》紧随其后。一位领导劝我少说话多做事。佳佳的《佳访》停播，我不知道是否也有人找过她，对她说过类似的话。有时我在想，一个小崔一个佳佳能奈何为？不要说开启民智这样压死活人的重担，就是让观众知道大千的电视节目里有《东方眼》《佳访》这么两档，都是不可能完成的任务。

我和佳佳只见过一面，加上电话联系不超过十次。印象最深的，是她告诉我节目即将收场时表现的那份难受，而我这枚老手早已心静如水，停节目和停电停水没有区别。

如果说我稍稍有些难受，是因为又亲眼目睹一位新闻人新闻理想的破灭。我经历的破灭发生在20世纪末，因为一个节目的停播去找一位领导申辩，那位领导当时差不多被整个新闻界誉为先锋和旗手。听完我鼻涕一把泪一把掷地有声的申诉和呐喊，他看着桌上女儿的照片小声笑着对我说：“你还当真了？”

一定是没人对佳佳这样说，我都没舍得说。

曾经有人开玩笑说：在我们的教育门类中，大多数专业都可以当作饭碗，文雅一点叫就业渠道，比如学外语可以当翻译，学金融可以做私募基金，学考古可以帮人收费鉴定，学建筑可以当流行歌手……

唯有学新闻，老师告诉你，可以实现新闻理想，并且告诉你一长串前辈的名单，他们在实现理想的路上奋不顾身、一往无前，现在，你来了。宽泛一些，新闻记者或可算作知识分子的一部分，这种分子，常有令人肃然起敬的一小撮，大多是仗义执言之辈。类似储安平、章伯钧一类，吃得好喝得香，时常看内部电影，竟然还有那么多不满。他们一张嘴，总是让人不安，或者说出大家没有想到之处，或者说出人人想到看到却不愿说出之处，讨厌和可爱全在于此。

你相信他们的爱吗？你相信他们是因为深爱才批判吗？

我相信。

爱之深责之切，眼含泪水爱得深沉，用黑色的眼睛去寻找光明。

佳佳也是个年轻有爱的人，她瞪大眼睛去找，用嘴去问，用耳去听，用心去感悟，用声音去传达。我们看到的这本书，是她着力迈出的脚步，这脚步印在尘土上，很快会消失得无影无踪。我却发自内心地盼望着佳佳保留一点天真，傻傻的，愣愣的，怯怯的……

我坚信，这世界会给天真留有一席之地。

序二

我所认识的李佳佳

袁腾飞

初识佳佳是因为我接受《佳访》的采访。那是2014年春天，当时我去广州参加“第五届图书新势力奖”的颁奖活动，行程安排得很满，有点疲于奔命的感觉。《佳访》的采访安排在晚上，我下午刚做完一个电视访谈，实在觉得很累。加上这些年接受了这么多采访，觉得问的问题大多雷同，引不起我谈话的兴致。但是，既然活动主办方安排了，总不好意思拒绝吧，就抱着应付两句的态度去了。

采访就在酒店的一间会议室里进行，远远地看见一位黄衣女子在翘首眺望。她穿着得体的职业装，薄施粉黛，美丽的脸上带着真诚的微笑，有一种成熟知性的美。她手上拿着一本我的书，说着我早已经听习惯了的“久仰，幸会”。我客套了几句往里走，以为她是编导，在我印象中，电视女主持人应该比她妖艳许多，至少得粘着假睫毛穿着雪纺纱什么的。落座之后，才知道她就是今天要采访我的人，《佳访》节目的主持人——李佳佳。

说实在的，我接受过不少年轻女孩的采访。在我看来，她们更适合生活娱乐类节目，相亲看病秀厨艺之类的，去采访各种“星”和达人。我在中学一线教了13年书，没见过哪个女生爱学历史的。所以，我总觉得跟80后、90后的女孩儿们实在是没的可聊。以前接受过的采访甚至有女记者问“在中学讲台和《百家讲坛》讲课，哪个你更喜欢？”我觉得这就是问我爸对我好还是我妈对我好，我回答“都好”，她非要让我说到底哪个更好，我只好说在《百家讲坛》感觉更好，她问：“为什么？是因为挣钱多吗？”我说是因为知音多，没想到她又问：“跟挣钱多也有关系吧？”呵呵，采访到此结束吧。

坐在《佳访》简单的演播室里，我想着这次应该跟以前大同小异，心里在默念着那套烂熟的说辞。等到佳佳一发问，我知道我想错了。这个丫头做足了功课，问的不但有意思有深度，还都是我有兴趣、想说想谈想讨论的话题。不知不觉中，一个多小时采访时间到了，我俩都言犹未尽。这是我接受过的最愉快的一次采访！

采访结束后，自然互留了电话和微信。以后慢慢和佳佳熟了起来，才知道这位才女果然不是“花瓶”，她是复旦高才生，曾在国际媒体论坛上发表过英语演讲，对于历史、对于社会、对于世界都充满好奇。而她一力挑起的年轻的《佳访》更是在短短的时间内成为了中国知识圈里很有影响力的一档节目。她比我教的第一届学生小两岁，我常开玩笑地讲：“我怎么没教过这样的孩子？”

以前每次带毕业班的时候，我都会在黑板上给孩子们写上一段话，这是宋朝的理学家张载说的：为天地立心，为生民立命，为往圣继绝学，为万世开太平。我跟学生讲，咱们读书就要遵照张老夫子这四句教。其实有的时候我没有把握有多少人能听进去，但是我感觉，一届哪怕有一个孩子听进去了，我就没白讲。然而讲了几次下来，我也没什么信心了。真的有孩子听得进去吗？

为天地立心，天地之心是什么呢？就是公，就是无私。“学贵大成，不贵小用。大成者，参于天地，小用者，谋利计功。”人应该有这样的精神，不能老想着自己这点蝇营狗苟。为生民立命，这更不是一般人能做得到的，古人都觉得是肉食者谋之。

跟佳佳接触，最令人感动的是她对国家民族未来发展的思考，对弱势群体的关爱。真的是先贤所云的“穷则独善其身，达则兼济天下”。在她身上，我看到了一个 80 后女孩的担当。

正是因为这份担当，这种对生养她的这块土地的热爱，她做了《佳访》节目，多少委屈，多大压力，恐怕只有她自己心里清楚。她一直坚持着不放弃，直到，你懂得，2015 年岁末，《佳访》停播了。

节目虽然不播了，但佳佳还是那么阳光快乐，还是位卑未敢忘忧国。作为朋友，我们虽然很惋惜这个节目，但看到佳佳的状态，放心多了。她没有被压垮。

《这个时代这些人》这本书的内容是佳佳书写她采访过的一些文化人，我也忝列其中。承蒙佳佳看重，让我给这本书作序。我就长了一张能喷的嘴，文字实在非我所长。不揣冒昧，写了这么多。斗胆叫作序言吧!

我的新闻道路

2015 年 9 月底，已经播出超过一百期的《佳访》停播。出乎预料，那一刻我异常平静。悲伤、愤怒、无力感都已经持续了太久，到最后这一刻，尘归尘、土归土，反而如释重负。

这是一档在很长时间里加我只有两三个人在做的小小的节目。从一开始的诞生就极其艰难。我希望做一档好的节目，我热情地表白自己的理想、动力和吃苦精神，我甚至打算自己掏出本就不鼓囊的钱包来工作……

几经波折之后，我至今记得一位我非常尊重的领导说的话："我们的观众需要一档有深度、有质量、有担当的节目。"无法形容彼时彼刻我内心的激动。

就这样，《佳访》诞生了。

这之后的两年半，二十八个月，八百多个日日夜夜，有数不清的故事发生。这期间因为所有责任一肩扛压力太大，我失眠、不眠过多少个夜晚已经记不清。因为平台小、自己籍籍无名而被无视、被鄙夷、被爽约过多少次，也早已司空见惯。每当要垮掉或者快崩溃的时候促使自己咬牙坚持的，仅仅是希望无愧于一个“新闻人”的身份、希望自己多年前早已埋下的“让这个社会变好一点点”的新闻理想能够多存续一些时间的信念。

前不久有一些学新闻的大学生为了完成论文来采访我，问我诸如“最大的困难是什么”“最难坚持的时候是什么”“最感动的是什么”之类的问题。而更多的专业同行关心的是，你为什么能请到那么多很棒的采访嘉宾?

如今一切尘埃落定，终于可以回头想想了。一档专访栏目，如何能做出影响力和高水准，长久以来，制胜法门似乎都是——极具影响力的平台或者非常知名的采访者。显然，我都没有。事实上，别说这些，我连一个能负责定选题、联系嘉宾、准备采访思路的编导都没有。既然一穷二白，只能自己动手。

于是，每每一期刚采访完就焦虑操心下一期，打不完的电话、写不完的邮件、看不完的资料、读不完的书，成了两年多我生活的常态。甚至睡眠中被节目断播的梦魇惊醒都成了家常便饭。

非常感谢支持过这档丑小鸭一般稚嫩和浅陋的节目的人们，感谢我的观众，感谢你们愿意陪伴。感谢一百余位卓越的嘉宾，感谢你们的信任，感谢你们无保留的倾诉，感谢你们分享最宝贵的时间；感谢我的伯乐领导，感谢我的同事和可爱的实习生们。电视是一档团队的艺术，那句诗说得好：每个人都是只有一只翅膀的天使，只有相互拥抱才能飞翔。

记得韩寒的《后会无期》里有一句台词，“没有毫无理由的横空出世”。如果希望做一名不混日子、坚守专业、良知与责任感的记者，更是如此。我绝不敢说自己已经做到，这两年多的生命里，我只是要求自己不断接近。期间，有太多的故事和瞬间没能尽录在这本书，但却深深刻在了我的脑海里。某些时刻，它们便悄悄浮现出来，使我无比感恩，自己生命的这段旅程里有幸遇见这些有趣的人，听闻这些有趣的故事。

记得为了采访俞敏洪，连续四年跑全国政协的我每年都会去教育界别，听听敢言的他又发表了什么重炮见解。我会一次又一次打电话到他办公室邀请采访，发短信谈我对于教育公平的思考。终于，到了2013年5月，节目刚刚诞生的时候，他同意了："好，你来吧，给你一个小时。"见面的时候，老俞依然是"刀子嘴豆腐心"："你这什么电视台，从没听说过。就给你这个人一个机会，来，问吧！"

也是开播之初，为了做好李开复的采访。和他已经相当熟悉的我觉得应该挖掘一下这个大家非常熟悉的跨国企业高管、创新行业领袖不为人熟知的另一面——"丈夫"和"父亲"的角色。"您是个浪漫的人吗？"开复老师一愣，呆萌地笑："我觉得还好啊。""那您做过最浪漫的一件事情是什么？"被问住了，思考一阵之后："那时她刚到美国，我手绘了一份开复菜单请她点菜，然后亲自掌勺，下厨做了一桌特供她的爱情菜肴。"我也震惊了："这个真的是很浪漫！"李开复得意地点点头："那是，当然！"

2014年年初，我约访茅于轼老先生，出乎预料，他答应了，还热情地邀请我们到他家里拍摄，坦荡得令人吃惊。那个北京市中心闹中取静的小区里，85岁的茅老和81岁的太太赵艳玲老两口在一楼的一套两居室相依相伴。家里没有保姆，茅老的一切生活都由赵老照看。我们到的时候，老两口正在吃晚饭。茅老耳朵不好，赵老就轻轻靠近他耳旁说话。趁茅老不注意，赵老悄悄告诉我，经常有人打电话到他们家里破口大骂，上门骚扰的也有。当然，茅老并不知道。“电话都是我接的啊。”赵老笑。她当然希望他“少说几句，有些事情不必说破”。然而茅老始终坚持，她也便支持丈夫。这使我想起那句话“上帝令女子护卫男子”。说起携手走过的六十年，即使“文革”时期家徒四壁，两人也从未分离，茅老露出孩童般的微笑：“从结婚那天开始，我们就已经下定了决心了，我这辈子就是靠你了，你也这辈子就是靠我。不管发生什么大的事情，这个想法不会变。”

约访严歌苓的过程就更是“荡气回肠”。她从美国飞到广州参加一个颁奖礼活动，只住一晚就要马不停蹄下一站。约访，婉拒，出版社编辑为难地说她倒时差实在太累。我没有放弃，立即说那我就在她下榻的酒店（也是颁奖礼的同一地点）开一间会议室布置机器，她只要睡觉前从房间溜达过来聊半个小时就好。编辑看我着实真诚，答应去询问，终于“赢得芳心”。

看我狂喜，编辑连忙再三强调，她实在太累，采访只许半个小时，我忙不迭满口答应。于是，在根据《陆犯焉识》改编的电影《归来》上映前夕，我约到了这个珍贵的独家。距离采访已经只剩下一个星期的时候，读过多部严歌苓作品的我熬了三个通宵读完新作品《妈阁是座城》。到了采访的那个晚上，本以为会有些倦容可能只是来应付一下的严歌苓一出现，我们都惊呆了。她对一切都认真尽心到令人动容：美丽的纱纺连衣裙、尖头高跟鞋、精致的妆容、一丝不乱的卷发。我们越聊越开心，越聊越投入，到编辑忍无可忍疯狂打眼色要我打住的时候，时间早已远远超过半个小时……

当然并不是所有的约访经历都顺利愉快。2015 年年初，我希望约访一位曾有过一面之缘的歌手。原本暗暗定位《佳访》不做娱乐八卦类内容的我之所以选择这位歌手是因为欣赏他独特的文艺书卷气息，在浮躁喧闹的当今社会显得安静平和甚至有些格格不入。彼时，这位歌手尚未像后来那般“大红大紫”，本来心里没底儿的我立即收到了他的回复答应接受采访，约定接下来再碰具体的时间。到了三月份，他“爆得大名”，我坚信承诺，再次询问。他明确说请工作人员与我联络，就定在之后一两天。于是，我和编导、摄像、灯光等一行五个人在北京足足等待了三天，经纪人起初热情承诺“放心吧！就在明天或者后天，具体的我叫人联系你”。等到深夜，第二天，第三天，电话不接、信息不回、彻底人间蒸发。最终，我们不得不飞回广州，就这么白跑了一趟。事后终于联系上的工作人员没有任何解释，只说“下半年再接受采访”。结果呢？你猜对了，下半年这样的过程又重演了一遍。在嘉宾歌手礼貌应允时间范围的情况下，经纪人要么不接电话要么接了就挂，最后竟然把我的手机屏蔽了（我换了另一个号码她立即热情接听……）。这件事情使我忍不住感慨，一个人与什么样的人同行，终将决定他能走多远。

更多酸甜苦辣五味杂陈的故事我不再一一列举，这本书中有一些引起我深层思考之后记录下来的文字，希望它们也能给阅读的你带来些许火花。

在两年多的时间里，我一直在思考：怎样才能被称为一名优秀的采访者。有的人说你应该激烈质疑，能把采访对象激怒甚至拂袖而去才叫好看。我不这么认为，无论媒体采访还是生活中交朋友，在我看来都不外乎人与人之间的打交道。第一位的，应该是尊重。羞辱、攻击对方不会显得自己多么高明，能令采访对象愿意剖白内心，跟你倾诉跟他人都不会说的话才是水平。在 2015 年 6 月，应北大徐泓老师邀请给北大和中大同学做的讲座上，我总结我的采访之道（如果能这样概括的话）是：用让人最舒服的态度问出让人最不舒服的问题。

那次讲座后，有一位同学发私信问我："工资不高、压力极大，时不时节目还会被毙，你为什么坚持？你的新闻理想是什么？"这也是困扰我很久的问题。这个如今提起来会显得"装×"、可笑、不食人间烟火的"新闻理想"，它究竟是什么？

在我的学长兼前同事秦朔离职时，吴晓波学长写了一篇流传极广的文章《最后一个"看门狗"也走了》。其中有这样一句话："新闻将监督视作天职，新闻人信仰通过自身努力，能让这个社会更美好，这种朴素的追求就是近来有人闻之色变的'新闻理想'。"

我非常尊敬的北大著名学者周辅成先生说过这样一段话："儒者绝非皆是唯唯诺诺、汲汲势利之徒。循善而行才是儒学真义。在先秦儒学家眼中，君可以变，国可以去，而善的理念绝不能依权势者的意志而转变。"

进入新传播时代之后，传统记者的信息垄断和职能优势已经不复存在。越来越多同行加入了公关的行列。事实上，在“宣传”这个赤裸裸的意识形态词汇越来越少被提及的时候，区别“新闻”和“公关”就变得十分紧迫。传播学学界的观点认为，正面弘扬和赞颂应属于“公关”范畴，也就是有意识地建构形象。而“新闻”的职责是挖掘公众看不到、无法接近的真相，说出他们不愿说、不敢说的真话。

在我看来，一个优秀的记者所应该秉持的新闻理想便是：坚持做真正的“新闻”，无论多难。

就是那本写辅成先生的《燃灯者》中我最喜欢的话：知其辱而保其尊，守其弱而砺其志。

目　录

CONTENTS

PART 2
有人不沉默

PART 3
现实与荒诞

PART 4
当我们谈论电影

PART 5

有故事的人

PART 6
有故事的我

PART 7
人在国外

新闻是正在发生的历史

PART I

◆

一个优秀的记者
所应该秉持的新闻理想便是：
坚持做真正的“新闻”，
无论多难。

每个人心中都住着魔鬼

你要做的，仅仅是承担个体的责任——独立地思考，并且不羞于传递这种思考。摆脱魔鬼的第一步，居然这么简单。

一

一位八五后同事发微信给我：

“看了佳访《陈小鲁[1]：晚来的道歉》之后我回忆起初中参加一个夏令营，同寝室一共有九个女孩，其中一个不知道因为什么事招惹了其余七个中的一个，于是那七个女孩集体孤立她，并做了很多在我看来非常过分的举动，比如用扫帚把大家

1　陈小鲁，无产阶级革命家陈毅之子，现为博时基金管理有限公司、江西长运股份有限公司独立董事。

的剩饭扫进她的饭盒里面。

“我当时很想站出来维护那个被欺负的女孩，可是没有勇气，只是默默地不和那七个人站在一边，然后向夏令营的老师寻求帮助。我怕如果我和被孤立的女孩站在一边，七比一的局面就会变成七比二，第二天我的饭盒里就也会被倒进剩饭剩菜……

“过了十几年我以为我早就忘了这件事了，可是没想到至今想起来还会感到内疚。”

采访陈小鲁

二

20 世纪 70 年代，美国斯坦福大学教授菲利普·津巴多曾做过一个著名的“斯坦福监狱实验”。为了探究社会环境对人的行为究竟会产生何种程度的影响以及社会制度能在何种方式控制个体行为，主宰个体人格、价值观念和信念，津巴多博士在报纸上发布了一则广告：“寻找大学生参加监狱生活实验。酬劳每天十五美元，期限两周。”

很快，有七十人报名，经过一系列医学和心理学测试，二十四名身心健康、遵纪守法、情绪稳定的年轻人入选。他们被随机分成三组：九名犯人，九名看守，六名候补。

谁也没有想到，仅仅不到一周的时间，这个实验便让九名身心健康、遵纪守法、毫无犯罪前科、具有大学文化知识的年轻人变成了冷酷无情的看守警察，他们极尽“创造力”地虐待和侮辱“囚犯们”：用灭火器喷射、将他们赤身裸体地锁在床腿上、有些囚犯还被关了数小时禁闭。几天之后，事情升级，他们不允许囚犯上厕所，整个监狱成了臭气熏天肮脏无比的猪圈，他们甚至强迫囚犯模仿表演动物交配……

教授被惊呆了，他提前结束了实验。

三

据说每个人心中都有一个魔鬼。

多数时候，我们的理智抑制魔鬼，逻辑、道理、规则、秩序和法律赋予我们理智。

而当集体无意识癫狂席卷的时候，个体情绪爆发，一个个魔鬼便被释放出来、到处游荡。苏联的大清洗、斯坦福监狱实验的学生们和如今每过不久就会爆发的凌虐同学案，在我看来，莫不如此。

四十多年前的那场实验中揭示的“路西法效应”已经变成人尽皆知的常识：个人的性情并不像我们想象得那般重要，善恶之间并非不可逾越，环境的鼓励会让好人干出可怕的事情。

四

据有关资料记载，“文革”中第一位遇难的教育工作者是北师大女附中校长卞仲耘。1966 年 8 月，她被学校的一群初中女孩用带钉子的桌椅腿毒打，往头上淋屎尿，强迫她重复“我是牛鬼蛇神”。最后被折磨至死。[1]

我问陈小鲁：“十几岁的孩子，为什么能爆发出这么巨大的力量，如此之凶狠野蛮地殴打自己的师长？”

他的声音是历尽千帆后的平和：“因为当时有阶级斗争的教育，就是不断地在人民当中群众当中划分‘敌我友’，你是‘敌人’呢，雷锋都说了嘛，对待敌人要像严冬一样冷酷无情。”显然，陈小鲁陈述的同时，也带着调侃。

那一群正值青春期的孩子，从未学习和了解过宪法，不明白世人皆有尊严和权利，他们满腔热血，以天真、热情、暴力和血腥完成着自以为正义甚至神圣的举动，直至一切都无法挽回。

1　王友琴文章《北京第一个被打死的教师——卞仲耘》。

五

人类文明发展的车轮滚滚向前，在历经了无数恶魔蹂躏之后，道理、规则、法治终于成为了制约魔鬼的天使。

一劳永逸吗？

决不。当人们普遍不了解、不相信、不服膺道理、规则、法治的时候，魔鬼便会再度挣脱枷锁牢笼。

时至今日，依然时常听闻一群人毒打小三、人贩、小偷或凌虐同学，实质仍旧是丛林法则、拳头说话，自认为正义便私设公堂以暴制暴。在我看来，他们的骨子里依然丝毫不认同道理、规则和法治，始终信仰弱肉强食，谁铁腕就服谁。

六

我非常佩服陈小鲁们的勇气。

对于有些人，公开对自己伤害过的人说一句“我错了，对不起”难比登天。我有时会想：那些在教堂向神父忏悔的西方人，个个表情肃穆，结束倍感解脱。承认并反省是他们几成共识的个体自我救赎法门。而今天的部分国人却认为“道歉有用的话要警察干吗”。陈小鲁他们这些在古稀之年不堪内心折磨的红卫兵公开道歉之时收获的也多是这句嘲讽。

忏悔难在哪呢？

没有人道歉和担责，欠奉彻底的反思和清算，不曾吸取教训、建立规则、敬畏法治，那么，一切的恐怖和荒诞都有可能随时卷土重来。

采访时，陈小鲁告诉我，他挨个儿询问和他对话的三十六家媒体记者同一个问题，包括我在内的这些年轻人都至少比他年轻了三十年:“你们学过宪法吗？”得到的是几乎清一色的否定答案。

在并不习惯敬畏法律的社会，我们该如何重建宪法的权威？

《美国宪政历程》这本书里，作者任东来先生写了这样的句子：“今天的世界上，几乎每个国家都有宪法。但是又有多少国家实行了宪政和法治呢？没有宪政和法治护航的宪法，只是统治者装饰自己文治武功的漂亮花瓶。好，则成为后人的笑柄；恶，则成为百姓的炼狱。”

七

1945 年，一位叫作卡罗列维的意大利人写了一本书，书名叫作《基督止步于埃博利》。这本书是基于列维在 1935 年到 1936 年在卢卡尼亚的流放生涯而写成的。那是意大利的法西斯时代，前前后后大约有一万三千名不同政见者被墨索里尼遣送到南方的贫困山区。卢卡尼亚疟疾流行，农民愚钝、自闭、顽固不化，以至于连耶稣都不想去。

然而就是这蛮荒的生活环境，却给了理性主义者列维以巨大的启发：如火如荼的法西斯主义其实恰恰深深地埋藏在每个人的灵魂里。一旦人们拒绝承担个人责任，而是选择和集体并肩齐步，法西斯思想就有可能占据你的心灵。

两天前，我看到一位微博好友的读书笔记，他提及了苏联时期的阿赫玛托娃、茨维塔耶娃，他的感想在我看来是一句久违的常识：“她们并没有多少宏伟的‘主义’或多么疯狂的思想，她们仅仅是承担了个体的责任——独立地思考，并且不羞于传递这种思考。”

你看，摆脱“魔鬼”的第一步，居然就是这么简单。

当嘲笑他人信仰，我们还剩下什么

美好人性被历次政治运动蹂躏摧毁，快速城市化进程瓦解了宗族聚居，敬畏之心也被无神论洗涤干净。于是，飞黄腾达、出人头地成了新的“信仰”——如果能被称为“信仰”的话。

一

2014 年 9 月初，我到北京采访张燕生[1]律师。这位外表柔弱温润的女律师，却有着男士都难以企及的勇气和韧劲儿。自 2008 年念斌第一次被判处死刑之后，姐姐念建兰听说张燕生

1 张燕生，北京大禹律师事务所主任，资深刑事辩护律师。

曾数次将死刑或死缓案件成功“翻案”打成无罪，便千里迢迢求助于她。彼时的张燕生不曾想到，她会为了念斌案殚精竭虑整整六年半。

知名律师张燕生

在中国律师界，不少人对刑事辩护敬而远之。在他们看来，刑辩犹如一把双刃剑，一不留神就会祸及自身，弄不好还会丢了饭碗。而走平坦路、稳当赚钱，或许才是最佳选择。张燕生为念斌辩护的过程中便真切体会到了代价。认定念斌是真凶的人以各种方式攻击她，网上建“灵堂”，发邮件恐吓，意图阻止律师辩护而尽快对念斌执行死刑。

六年间，每次开庭，受害者的家庭总会对念斌家人和张燕生围追殴打，他们百般闪躲，依然时常避之不及。面对谩骂攻击，张燕生并未动摇：“有人骂，只能激发我把工作干得更好，让真相来说明一切。”

在如今这个逐利的社会，我很希望知道张燕生图什么。投资市场上，高风险意味着高收益。如果为了赚大钱，我似乎能够理解她的执着。然而六年来，起初她还收取念建兰支付的象征性律师费。后来，看到念家倾家荡产四处逃亡，她便一减再减，到最后完全不再收钱，成了法律援助。念斌案后期，张燕生和斯伟江根本变成自己贴钱，一趟一趟往福建跑。

看到我的疑惑，张燕生笑了：“念建兰这个人非常好，只要有一丝一毫的能力，她绝对不能够让你受委屈。但后来家里到处都在用钱，念斌的孩子上学需要管，母亲和两个哥哥重病都没有钱去治，真的一贫如洗。这种情况下，我觉得作为一个人，就讲最起码的人性，也是不可以撒手的。”

二

开始采访之前，温和恬淡的张燕生问我们要不要喝茶。她拿出念建兰带的福建茶叶，认真地帮我们冲泡。碧绿的茶叶在雪白的瓷杯里舒展，散发出福建绿茶特有的清香。

采访结束后，在放满整齐卷宗的简洁工作间里，闲聊中她告诉我她吃素食。我突然间有些理解她的执着、勇敢、不贪婪："你信佛吗？是不是有信仰的因素，很多我们看来很重的东西，比如物欲，对你并不重要。所以你可以坚持追寻你的价值？"

"是，"她回答，"很多律师都是。我还不算什么，有一些更勇敢的律师，真的是把生死都置之度外了。"

听到这句，从旁边经过的一个年轻工作人员扑哧笑出声来。

那一瞬间，我无比伤心和羞愧。

当下中国社会的很多年轻人，连钱理群先生所言"精致利己"都够不上，他们是空心人。没有信仰，毫无坚守，对他人缺乏基本同理心和同情心。他们故作老练，动辄嘲讽别人"幼稚、炮灰、被利用"；他们只崇拜单一的"成功"：财富、地位和名望；他们焦虑，恐惧被“时代”抛在后面。他们无法理解任何不会带来直接利益的理想主义行为，甚至因为嘲笑这样的“傻瓜”而洋洋自得。

我尴尬地看着张燕生，很担心她不高兴。物欲横流的当下，纯粹坚守自己精神世界的人已经少而又少。她愿意把内心想法告诉我，是认同我的价值观，相信我能够理解，是“同一类人”。我真的不愿意、不舍得这个社会给拥有信仰的她带来任何嘲笑和伤害。

让我释然的是，张燕生的面庞平和如初，没有一丝波澜。仿佛什么也没有听到，仿佛什么都没有发生。

三

受了二十多年无神论的教育，我明白自己很难再拥有虔诚的信仰，但我对周围有信仰的人充满了好奇和敬意。我时常会思考：“信仰”究竟是什么？

采访完张燕生之后，我似有顿悟：她的恬淡超然与坚持不懈，她的勇敢无畏与低调内敛，她对于公平和正义的笃信及追求，对于法律尊严和意义的捍卫，不就是“信仰”吗？坐车返回的路上，我打开手机，看到她的微信签名“喝好茶，吃素，过简约环保的生活”。

自律也是信仰，信仰从不玄乎。

四

今年（2015）3月，我到缅甸仰光参加第四届国际媒体峰会。那是我第一次踏足这个东南亚佛教小国。在此之前，我对于这个国家的全部印象只有昂山素季和无论男女老少都用一块布裹成的笼基长裙。

首先被震撼的，是当地人的淳朴诚信。一出机场，热情的出租车司机迎上来问我去哪，这场景在国内每一个陌生城市都不少见。长久以来养成的“他是坏人”的高强度不信任警觉后来被证明全无必要，司机把我们安全快速送到目的地，没有多收一块钱。我问那个一脸稚气、看起来也就十七八岁的出租车司机："你们有没有绕路的？"他憨憨一笑，用不流利的英语回答："不会，都是佛教徒。"

离开仰光的最后一天，臭美的我到市场买笼基长裙，选定面料后需要缝纫加工。我便付了钱去别处逛，约定晚上六点之前回到档口取裙子。眼看到了关门时间，作为方向感缺失的路盲，我在偌大的、复杂的、处处看上去都一个样的市场里迷了路。各种纠结困扰之后终于找到地方时，已经晚了四十五分钟。不会说英文的店主姑娘一直捧着裙子静静站在店里等候。

她当然可以一走了之，错完全在我。

缅甸的人均 GDP 在九百美元左右，仅为中国的百分之十四。都说仓廪实而知礼节，那一刻，我突然想，信仰或许更有力量。

五

采访张燕生时，我们反复聊到了一个人——念斌和丁云虾（被害孩子的母亲）的房东陈炎娇。

2006 年 7 月 28 日下午，丁云虾和她的三个孩子跟房东陈炎娇母女一共六人吃了青椒鱿鱼、炒杂鱼和稀饭。当晚，两家人开始出现不同程度的中毒现象，丁云虾的一对儿女俞攀、俞悦抢救无效死亡。

据念建兰回忆，事发后警方很快宣布破案，说是念斌在铝制水壶里下了毒。但房东，也就是亲手做饭的陈炎娇曾跟很多人说:“不可能啊，我那天下午一直用水壶，怎么会有毒。”

对于念建兰来说，这当然是最大的疑点和最直接最有力的证据。然而她再找陈炎娇，得到的回答是：“你不要找我，我相信政府，政府说是念斌放水壶里了那就肯定是他。”

张燕生提及这句话时苦笑不已：“你看，她是这样不相信自己。”

六

从小在城市长大的我到小学六年级才第一次去到农村“忆苦思甜”。记得当时在几户农家院子的围墙上看到很多五彩斑斓的“地狱壁画”，比如下油锅，比如拦腰斩。记得年幼的我被吓得不轻，当地老人安慰我说，那是“干了坏事才有的下场”。

中国传统社会是宗族社群，对于“遭报应”朴素的敬畏之心和彼此熟络知根知底的亲情维系建立起原始而有效的道德体系。

快速城市化进程瓦解了宗族聚居，敬畏之心也被无神论洗涤干净。于是，飞黄腾达、出人头地成了新的“信仰”——如果能被称为“信仰”的话。

但所有的信仰都教导人向善而不欺骗，唯有信无可信，人才会迷失于名利之间。正如朱德庸刻薄而又精准地说：现代人的问题是大部分人都希望成为一个有钱人，而不是成为一个人。

于是丧失底线，于是不择手段，于是成王败寇，于是狼奔豕突。

七

我不明白曾经做了十五年法官的张燕生为什么放着好好的

稳定的金光闪闪公务员不做，偏要跑去当不受人待见的刑事辩护律师。正如我不明白她为什么不图钱不图名顶着巨大压力为念斌姐弟奔波六年。

撇开道德，从经济学理论说，理性人的一切行为都为了一个目的——个人利益最大化。张燕生不可能预见到未来有一天这个刺猬一般令人头疼的棘手案子能平反，她能收获巨大的声誉和名望。那么，付出的一切，值得吗?

回答这个尖锐甚至无礼的问题，张燕生依然平静：“我很喜欢。每一个刑事案件都关乎到人的生命和人的自由。这个世界上最重要的，拿钱买不来的，就是人的生命和自由。”

震撼。我看着张燕生的脸庞，这般给我带来心灵荡涤的宗教感的言语包裹着她最平和的坚定，二十年如一日深植于心的信仰。

“这是非常神圣的。”她说。

不一样又怎样

在我看来，所有的婚姻都源于对安全感的追求和渴望，同性伴侣大概更加需要。李银河说："如果我们感情还在，那么我们就不需要那张纸；如果没感情了，有那张纸也没用。"

一

我打算采访李银河[1]，说说她的两段爱情。出乎预料的是，这不是一件容易的事情，我反复跟忐忑不安的领导解释："跨性别人群并不是同性恋。"末了又小声嘀咕一句，"即使是同性恋也不是什么洪水猛兽。"

2015 年 1 月 14 日，广州珠江江畔一条僻静的小道，摄像

1　中国第一位研究性的女社会学家，性学家。

要求李银河和伴侣大侠比肩散步，“节目需要一些你们在一起的画面”。

短发、黑框眼镜、灰色夹克，爽帅的大侠二话不说，一把抓起李银河的手，把她护在道路里侧。

几对站在一旁的他们的朋友笑意盈盈。外表看起来都已是人到中年的女性，但一对对相濡以沫、爱意浓浓。拍完镜头，一行人走进一旁的饭店，大侠扶住玻璃门直至所有人通过，除了外表还看得出些微女人的痕迹，他和我见过的其他绅士毫无二致。

李银河

二

这是一对已经相伴十七年的“地下恋人”。

十七年不为大众所知，却在此时此刻公之于众，导火索是有人愤怒声讨：“李银河为同性恋群体发声无非是为自身找借口而已，她多年来假惺惺的欺骗让全国的同性恋者都上了当。”

一夜之间，“李银河是个骗子”云云的标题刺激而又粗暴，网帖下面诸如“一把年纪还沉湎肉欲”“不知羞耻”之类的人身攻击令人不忍卒读。

一向温和礼貌的李银河坐不住了，她选择发声，为了自己，为了大侠，也为了爱情。

故事要追溯到 1997 年，在王小波去世三个月后的一次聚会上，李银河在好友加州大学人类学教授丽莎的介绍下认识了出租车司机大侠，彼时的李银河正在进行对于同性恋群体的田野调查，一心将大侠当成普通研究对象的她，根本始料不及，此时的自己已被疯狂迷恋上了。

“当时我进门的时候，第一眼看见她。特别安静的一个小女孩的样子，坐在那儿，很文雅，一看就让人心疼的感觉。现在我也记得很清楚，当时自己心里出现那句话‘哎呀，如果这个女人跟我生活一辈子那该多好啊’。”多年后大侠跟我回忆起彼时彼刻，脸上还泛着初恋般甜蜜的光晕。

很快，大侠住进了李银河的妈妈家，“就睡在一个窄窄的硬面沙发上，总共也就一尺宽”。晚饭从来都是清水煮面，放点菜叶。李银河笔下，大侠一直把那段时间的伙食叫作“吃爱情面条”。

三

什么样的爱情才称得上浪漫，这大概是每一个女孩子从懂事起一直到离世脑海中不会间断的想象。

曾几何时，王小波与李银河的甜蜜爱情是一代人童话般的憧憬。两个大龄知识青年的初恋犹如原本平静的江河湖海、睡眠火山，陡然爆发，能量无限。

爱情里，李银河表现得气贯长虹，像侠女一样投奔才子王小波。彼时，王小波还是街道小厂的工人，而李银河已经身处中南海，就职国务院政策研究室，走在通向庙堂的升天阶梯上。

早期王小波缺乏自信的阶段，李银河是最狂热的拉拉队和支持者。而那个总是一头乱发、穿着猎装风格上衣，松松垮垮站在那儿咧嘴憨笑的傻大个儿从不吝惜直白表达情感，每每写情书都大大咧咧而又蒙昧羞涩地开头：“你好哇，李银河。”说出的情话可以让任何一个姑娘都觉得有爱足矣吧，“我现在不坏了，我有了良心。我的良心就是你。”

四

之前我在三亚采访李银河，她正如大侠口中描绘“是个童心未泯的小女孩儿”。摄像在酒店房间的厅里布置机器，她坐在里屋我的床上抓着 iPad 玩游戏，“好了叫我啊，我这儿打得紧张着呢”。

看着她调皮的面孔，我想起王小波，想起那个幽默、睿智的男人温暖快乐的倾诉：“一想到你，我这张丑脸上就泛起微笑。”

只有在为大侠和他们的爱情辩护的时候，李银河才严肃起来：“无论从外貌还是内心看，他都是一位地地道道的男性。”

“生理女性、心理男性”，这社会学和医学范畴的解释显得过于专业乃至学究，很多人不愿意也没有兴趣了解便下了定论，“她就是同性恋，却死活不承认。虚伪！”

见到大侠的时候，她毫不避讳地剖白了自己的感情：“我是以一个男人的身份去爱她。”她说这个故事很简单：一个男人的灵魂，错误地居住在了一个女人的躯壳里，有一天她无法忍受，便改变了它。

五

1996 年 10 月，李银河赴英国剑桥大学访学。王小波在机场送别时用力搂了一下她的肩膀作为道别。可她万万没想到，这一别竟成了永诀。

1997 年 4 月 11 日，年仅四十五岁的王小波因心脏病突发在北京辞世。彼时，人在英国的妻子李银河悲痛至极。她随即发表悼文《浪漫骑士 · 行吟诗人 · 自由思想者——悼小波》

来表达沉痛哀思："我觉得我生命中最大的收获和幸运就是，我挑了小波这本书来看。我从 1977 年认识他到 1997 年与他永别，这二十年间我看到了一本最美好、最有趣、最好看的书。"

痛失所爱，大概是世上最惨痛的伤。彼时的李银河曾说："世上任何一个男人也比不过王小波，自己根本不想再找伴侣了。"

而大侠在这之后的第三个月出现了，给她带来了完全不同的另一种爱情：排山倒海、雷霆万钧，不由她不受吸引、不受感动。李银河描述"当时的感觉，他就是上帝派来的一位天使，是专程来解救我出失去小波的苦海的"。

我很直接地问："大侠是不是替代品，用现在的话叫'备胎'？"

李银河愣住，承认"从没想过这个问题"："这么说好像是对他的一种侮辱似的，他是活生生的一个人，他的爱也是那么真挚的爱，怎么能够说他是一个替代呢？"她自言自语地论证之后，斩钉截铁地看着我，"不是！"

同样的问题我是犹豫再三才问大侠的，看到他并不觉得被冒犯，我松了口气。"不是'备胎'，我和王小波完全不一样，没什么可比性，一个是酱油一个是醋。"

六

我是一个古怪的、笃信 soulmate（灵魂伴侣）的家伙，从来最关心情侣之间有没有精神层面的对等交流，对于门第、财富、肉体甚至性别，倒似乎都不太关心。

我问李银河，如果用三个词形容王小波，映入脑海的会是哪三个。她想了一会儿，对我说："浪漫、智慧、幽默。"

"那大侠呢？"

"浪漫、讲义气、豪爽。"李银河不假思索，很快又补充，"优雅。"

"优雅？"我愣住，这也是大侠形容见到李银河第一面用的字眼。尽管内心清楚知道不应该有任何学历歧视、职业歧视和履历歧视，我还是觉得，作为学者的李银河"优雅"我不奇怪，但是出租车司机大侠怎么就也"优雅"了呢？

"所谓优雅实际上就是质朴，一种很单纯的，没有勾心斗角、老谋深算。非常质朴、单纯的生活态度，我觉得就是优雅。"

于是，原本很有点知识分子臭清高的李银河被豪爽而优雅的大侠改变了。她学会了打麻将，原本习惯了兄弟姐妹四个同在北京却一年才见一面的寡淡亲情，如今却被大侠家里晚晚牌局的浓烈氛围感染而乐在其中。

最令人惊讶的，是和丈夫王小波作为中国第一代著名“死硬丁克”的她，竟然因为大侠的一句“如果闭眼的时候，想到自己连个孩子都没有，好像挺遗憾”，便收养了自闭症男孩壮壮，心甘情愿把高处不胜寒的老北京知识分子范儿收起来，成为了此前二十年她一直回避成为的角色——母亲。

她惊叹爱情的魔力：“你知道吗？原来完全没有共同点的两个人也会有致命的吸引力。”

七

我的一个朋友不同意性别可以被后天改变。“Once a man, always a man”（曾经是男人，永远是男人），作为科学思维死理性派，他认为基因决定一切。

我无意辩驳，心里却想，“once a woman”（曾经是女人）却使得大侠成为了最“暖”的男人：“我怎么舍得让她操持家务？”二十多年前，嫁给王小波的李银河，是负责宠人的那个：“其实小波比我炒菜炒得好，但是他不炒啊。”而如今，她成了被宠爱的小女人，所有家务不需她操心，一切已被张罗周到。

我很惊讶大侠乐观豁达的心态，事实上，她的人生并不算得幸运：跨性别人群只占总人口的百分之零点几，大多数人会把他们简单粗暴划归叫“那些变态”。在公共场合，他从来不敢去洗手间。周围同样跨性别的朋友中，相当多的人有过自杀倾向，开朗仗义的大侠为这专门学习了心理咨询。一天晚上，他接到个失恋朋友的电话：“明天你们等着看新闻吧！我会是另一个马加爵。”作为跨性别人群，被爱的人抛弃、被对方家人侮辱、被社会歧视、感情和尊严都遭受践踏是家常便饭，这个朋友决定玉石俱焚、同归于尽。大侠一夜未眠，把朋友从死神边儿救了回来。

从此，一帮子跨性别成了大侠的铁杆儿粉丝。“只要看到网上有人骂我，他们就赶快通知大侠，然后特别愤怒地跟别人辩论。”李银河笑，语气中难掩自豪。

八

2015 年 6 月，美国最高法院正式宣布：同性婚姻在美国合法化，全美五十个州的同性伴侣都将平等享有法定婚姻权，美国成为全球第二十二个婚姻平权国家。当晚，李银河更新博客，第 N 次重提在中国推动实现同性婚姻合法化。

九年前，李银河第三次向全国政协提交“同性婚姻法案”提案时首次获得反馈。时任全国政协新闻发言人吴建民表示，当前同性婚姻在中国仍有些超前。2011 年，李银河再度在全国“两会”期间征集愿意递交同性婚姻合法化提案的人大代表，但她的这次努力仍然没有结果。

面对一次次的提案失败，她曾执着地表达乐观：“社会变迁是一个非常缓慢的过程，因为传统力量往往太过强大，所以在理论研究中，我们会发现有一个文化滞后的现象。对这种事，我一点也不急，我会坚持下去，哪怕十年二十年呢，相信总有一天会成功。”

如今，自己成为少数群体的一员，变得“利益相关”，面对我直接的问题“如果法案落地，你会和大侠结婚吗”，李银河却显得没那么干脆了：“到时候看吧，反正原来也没有特别迫切地觉得非得结婚不可。”

我有些惊讶，在我看来，所有的婚姻都源于对安全感的追求和渴望，同性伴侣大概更加需要。李银河说：“如果我们感情还在，那么我们就不需要那张纸；如果没感情了，有那张纸也没用。”

九

爱情是什么？莎士比亚曾说：“爱情是叹息吹起的一阵烟；是最智慧的疯狂，哽喉的苦味，沁舌的蜜糖。”在李银河眼里，“爱情从来是超凡脱俗的，它根本不管什么阶级阶层，贫富贵贱，也不管美丑年龄，甚至使性别都变得无足轻重。一桩爱情只要是发生了，它就绝对是美的，伴以所有感人至深的细节”。

昨晚，我听到蔡依林的《不一样又怎样》：“不一样 / 也一样 / 有分合有聚散 / 爱不是抽象的信仰 / 有血有汗 / 谁比谁美满 / 由谁来衡量”。

是的，不一样又怎样？

祝福每一颗为爱自由奔走的心。

有人不沉默

PART 2

◆

生命的终极意义就是自由和尊严。

我们所有的努力，都是为了未来能够拥有一个不依附于任何一个商业机构，也不依附于一个权力的生活状态。

请别杀死知更鸟

“我想对我来说生命的终极意义就是自由和尊严。因为我所有的努力，都是为了未来能够拥有一个不依附于任何一个商业机构，也不依附于一个权力的生活状态。”

一、他乡

2015 年 8 月，刚刚在美国开始博士研究生学习生涯的闾丘露薇[1]在微博上发表了一篇读书笔记，内容关于美国反种族歧视的著名小说——《杀死一只知更鸟》。

这部经典的作品讲述了 20 世纪 30 年代发生在美国南部的一个故事。彼时彼地，种族歧视还十分严重。主人公作为一位

1　全世界第一位进入阿富汗首都喀布尔采访的华人女记者。

专业正直的白人律师，仅仅因为替黑人辩护便受到辱骂，甚至他和两个年幼孩子的生命安全也横遭威胁。

闾丘这样描述主人公：“他之所以被视为英雄，因为他属于极少数愿意站出来，冒着风险捍卫道德底线的人，而大部分的人，都属于远远观望的。一个社会能够变好而不是变坏，在于那些观望的人中的大部分，是不是能够站在少数站出来的人的后面。”

彼时的闾丘，颇为出人意料地结束了从业二十年的新闻记者生涯，到美国宾夕法尼亚州宁静而恬淡的小镇重新做一个学生。偶尔晒出的生活照片上，悠闲肥硕的地松鼠毫不客套地造访、上海的家乡菜肴和跟着 YouTube 上韩国女孩学习的异国料理粉墨登场。

她的舞台从战火纷飞的中东、SARS 肆虐的京城、光怪陆离的香港变换到了宁静的美国乡间，却并无违和感。这个全新的环境，一如小说中 20 世纪 30 年代阿拉巴马州的小镇。

我曾想象在从香港飞往宾州的飞机上闾丘会做些什么，想些什么。她的这篇文章给了我答案：“我是在长途飞机上读完这本小说的，作为一个成年人，透过阅读，学着和书中的孩子一起学习，成为一个有同理心、善良和具备勇气的人，看到书中的人们，最终能够坚守底线，不去杀死 MockingBird（知更鸟），真是一个相当奇妙的旅程。”

二、相辉堂

我第一次见到闾丘是在十二年前。相辉堂里座无虚席，喜庆而祥和的气氛中，一场胜利的大会、团结的大会正在进行。首届复旦大学“校长奖”被颁发给彼时刚刚从伊拉克载誉归来、如日中天的“战地玫瑰”。

作为台下的学生观众，我和同学在演讲后排起绕场一周的长龙，只为请她给我们手中的《我已出发》签个名。

终于快排到时，我已几乎沮丧到想放弃。无数学生崇拜的目光里，她带着亲和而又完美的笑容，不厌其烦满足一个又一个合影的要求。像个明星。

到我了，我递上书，没头没脑问了一句：“你怕吗？”

她并没有抬头，手在忙碌着签那四个字、笔画颇稠的名字，简单回答我：“怕，怕也要去。”

在那之前，华语新闻界还并不太清楚“战地记者”的含义。对于外面的世界，我们习惯和满足于电视上每晚七点到七点半的最后十分钟大厨截取各大国际新闻社画面加以加工烹调后为我们建构好的菜肴。直到这个瘦弱的女生出现在枪林弹雨的现场。

陈鲁豫为这本书写了这样的推介语：“我忘不了这样一个画面：闾丘站在战火纷飞的巴格达街头，她的头顶是被沙尘暴刮成了恐怖的暗红色天空，她的短发被吹乱了，嘴唇干干的，眼神中有些临危不乱的大气和勇敢，那一刻，她真的光彩夺目。”

这种光彩夺目的意义在我看来无与伦比。这是第一次，中国观众看到了第一手的战地画面：那些恐慌，那些死亡，那些炮火，那些泪光。

多年之后，闾丘一定并不记得当时寥寥数字的对话，我却在这时这刻猛然想起电影《杀死一只知更鸟》中女邻居安慰男孩吉姆的话：“Some men are born to do unpleasant jobs for us. Like your father.（有些人注定要为我们承担那些艰巨的工作，就像你父亲。）”

所谓“知更鸟”的真谛，也是如此吧。

三、从“万人迷”到“万人不迷”

作为“公众人物”，闾丘的起步不可谓不卓越。长久以来，西方新闻界一直认为，在各种记者类别之中，战地记者和调查记者是最值得尊重的同行。在中国几无战地记者、调查记者也日渐寥落的今天，依然常常有业界和学界人士慨叹闾丘露薇对于行业的标杆意义。

如果一直戴着光环，她本可以名利双收，采集鲜花与掌声无数。

然而她不。

2003 年，闾丘曾在《我已出发》中写道：“希望以后别人在谈起闾丘的时候不单单只记得她曾经采访过这些战乱，不仅仅只是想起‘战地玫瑰’这样的一个标签。”

或许她自己也没有想到，竟然一语成谶。十二年之后，她被安上了另一个五味杂陈的标签——公知。如今翻看她的微博评论，十条中至少三五条是充满恶意的辱骂：简单粗暴，不分青红皂白。

从名利和世俗的角度看，这个转变似乎很不值得。从全民仰视到争议丛生，再强大的内心也会有落差吧。

2015 年 6 月，即将赴美的闾丘对我这个带有些心疼的问题报以坦然的笑："我完全不在乎那些污言秽语。如果一个社会里面一个人说了一个观点之后，大家都是一致叫好的，那不太正常。有争议我觉得是一件好事情，毕竟它显示出大家的价值观非常多元。"

四、做万人迷不难，做"万人不迷"才需要勇气

2014 年，无论对于香港这座城市还是居住在香港的闾丘来说，都是多事之秋。

4 月，一名"内地女童"在香港闹市便溺引发轩然大波，闾丘在这条新闻视频后转发评论："孩子当街便溺，有路人拍照，遭孩子父亲抢走相机和记忆卡，孩子母亲打了路人一耳光。片中白衣青年看不过眼报警，并且阻止该夫妻离开，双方争执，青年遭人用婴儿车推撞。警察到场调查后，父亲无条件释放，母亲涉嫌袭击被捕，准保释，五月中需到警局报到。"

很快，一位“正能量大V”转发批驳：“1.隐瞒了父母主动带小孩去厕所排队很久直到小孩终于憋不住的事实。2.隐瞒了小孩尿尿时母亲专门用纸尿布接住。3.隐瞒了母亲还把纸尿布装入行李袋提着。4.隐瞒了港人拉扯斥喝且拍了小女孩‘那地方’后父母才夺记忆卡。”

这有鼻子有眼的描述立即引爆愤怒，顷刻间，铺天盖地的辱骂扑向闾丘。绝大多数围绕第四点，那是对于“女童私处被拍”同仇敌忾的同情以及由之引发的对于闾丘“对内地人充满偏见”罪名的讨伐。

然而最后香港警方的调查证实：孩子并非“尿尿”，而是当街大便，母亲并未“用纸尿布接住”，粪便就排在街头。孩子甚至根本都不是“女童”而是个男孩，“女童私处”这刺激的字眼自然也就站不住脚了。

围观群众一哄而散，留下一地鸡毛。“闾丘露薇滚出新闻界”之类的热门标签话题和针对女性的不堪入目的网络暴力依然触目惊心，犹如那坨被当街便溺的产物。

整整一年之后，事情早已在热点快速转换的移动互联时代被人们遗忘到了九霄云外，闾丘露薇却在宣布离职深造的博文中重提往事：

“一些人说我歪曲事实，事实上，不管是转发还是我对新闻事件的转述，是准确的。谣言之所以传播得比事实还要快和广泛，在相关信息都是公开，都可供查询的情况下，那就不是造谣者的责任，选择相信和传播谣言的每个人都要负责。为何会这样，因为事实让人不喜欢，因为谣言可以有自我安慰的效果。”

我的问题是：“时过境迁，为什么还要执着解释，不相信不喜欢你的人始终如此，既然不在乎网络暴力又何苦费力争取？”

闾丘笑了：“好像是有一点矛盾哦。我觉得我是一个喜欢把道理讲清楚的人，觉得这个不对或者我有一种不同的看法，我一定要把它讲出来，讲出来之后我的心里面舒服很多。听不听是你的事情，但是说不说是我的事情，我觉得我有这个责任。”

同为女性、记者、社交网络活跃使用者，我对于闾丘露薇的职业轨迹和网络生活一直关注和观察，我知道，如果她希望取得一种“完美而又安全”的网络公众形象，远离非议和标签，其实丝毫不难。

闲聊时，闾丘点头同意：“我们做这一行，其实心里面非常清楚，我用什么样的表情、说什么样的话，可能在公众当中形成一个什么样的形象。所以如果我要塑造一个所谓的形象‘欺骗’大众的话，是完全有能力做到的。但是我觉得没有这个必要，何必呢？唯一的好处可能是因为你的公共形象很‘好’，可能会给你带来一些商业上的好处。我很想赚钱，我也爱钱。但是我觉得，用这样的一个方式去赚钱的话，过不了我心里的一道关卡。”

五、请别杀死知更鸟

2015 年 8 月，天津滨海发生危险品爆炸。这场举世震惊的人祸又一次带来对“记者”这个群体公众形象的拷问和思索：一篇被屡屡删除的采访手记、两次被莫名打断的 CNN 连线、一批已无用武之地仍难改职业习惯的调查记者……

一位网友在博文中带着戏谑调侃：“大概多年以前，记者还是一个受人尊敬的职业，如今已经被认为是‘四处煽风点火，唯恐天下不乱’的破坏星辰大海之路与和谐社会的潜在罪犯了。”

我去验证了在这篇博文中提及的一个让我不寒而栗的事实：在知乎这种“高素质”社区，在“如何评价吴晓波的文章《最后一个‘看门狗’也走了》”这个问题下，一个答案赤裸裸说道：“一般职业很少有原罪，而律师和记者是少有的有原罪的职业。”这个答案被点了上千个赞，一个公然鼓吹职业歧视的论调登堂入室、大行其道、备受追捧、市场惊人。

博主嬉笑怒骂地一针见血：“一个职业越被打压，民众对它的观感就越不佳，对该职业相关基础知识的了解就越缺乏，对基本的职业伦理的认知就越扭曲，就越认为你的存在本身就是错误的。”

闾丘便曾经是被打上这个原罪烙印的记者之一。说“曾经”，是因为如今的她已经不再是一名记者了——主动而又被动，积极而又无奈地离开了这个她热爱的职业。这其中的因素包括个人充电的选择、对于回馈社会理想的柔软坚持等等。

在跨越七年写成的个人散文集《行走中的玫瑰》中，闾丘

2015 年 6 月，在北京采访赴美前夕的闾丘露薇

露薇说她这些年一直在思考两个问题：“我要成为一个什么样的人；我想要一种什么样的生活。”

书中她并没有给出答案。

又过了四年之后，她正面回答了我：“我想对我来说生命的终极意义就是自由和尊严。因为我所有的努力，都是为了未来能够拥有一个不依附于任何一个商业机构，也不依附于任何一个权力的生活状态。”

在我眼中，她依旧是一只“知更鸟”。

在这个世界里，越来越孤独的“知更鸟”。

看，那个从历史穿越来的人

良田千顷，日食不过三餐；广厦万间，夜眠不足五尺。我不是经商的又不是为官的，既恐高又晕船，不想有私人飞机也不想坐私人游艇，享不了那福，悠然度日就好。

一

摇着折扇，踱着方步，挂着佛串，袁腾飞[1]从走廊深处走向我。像一个从历史穿越来的人。

已经比约好的时间迟了四十分钟。他看了我一眼，面无表情。

我依然微笑，心里理解。曾经，他的公开讲座数次被抗议

1 北京知名历史教师，历史类畅销书作家。

搅黄，激动者甚至屡屡“舞刀动枪”，他很难不警觉。另外，作为如今这个时代越来越稀有甚至异类的真正对历史充满感情的人，他并不觉得跟我这个化着出镜妆、“看起来和所有电视台花瓶毫无二致”的80后女生能有什么思想碰撞和共同语言。

一个多小时之后，采访结束。“好久没谈得这么深这么开心了。”袁腾飞说。我笑，好奇询问从网络上到生活中穷追不舍的反对者，他大笑：“管他们呢！再怎么夸我，我能长几斤肉吗？再怎么骂我，我会掉一根毛吗？”

2014年3月，在广州采访袁腾飞

二

半年多之后，袁腾飞到广州参加一个文化活动。晚饭我请，吃粤菜。

“清蒸鱼怎么样？”作为粤菜的保留招牌菜，我的推荐曾多次得到北方朋友们的嘉许。

袁腾飞面露难色，问服务员：“是活鱼吗？”

“当然当然！新鲜活鱼！”服务员连忙回答，“我们可以拿过来给您看，然后现杀现蒸！”

袁腾飞反感地皱起眉：“不要了！”服务员不知所措，纳闷自己说错了什么。

“那煎鱼是死鱼吗？”

服务员蒙圈，点点头。

“要煎鱼。”袁腾飞很开心，扭头跟我忙不迭道歉，“对不起啊，我吃饭特别麻烦。佛教认为有三种肉不能吃：我不见杀，我不亲杀，不能因我而杀。煎鱼已经死了，我可以吃，那新鲜清蒸鱼是因为我要吃才杀的，这可不能接受。”

在信仰缺失的环境里提信仰，难免给人“装”的感觉。袁腾飞很直白：“信仰的最高境界是解脱，我达不到。对我来说信仰意味着快乐，说白了就是‘见佛生欢喜心’，一种心灵的归属感，没什么玄妙高深的。”

三

2008 年，这个历史老师讲课的视频在网络上突然大火了。身材高瘦，留着平头，一口京片子，经常引得学生们哄堂大笑。

他甚至以中学教师的身份与一众大学教授、硕导博导一起登上了彼时如日中天的央视《百家讲坛》，而受欢迎程度毫不逊色。有不少白发苍苍的铁杆粉丝千里迢迢奔到北京找到央视，在演播室十六度的空调里裹着毯子瑟瑟发抖，只为亲身听一次他的精彩开讲。

整整七年之后，时不时被翻出来的旧视频还能在微博上轻轻松松被转个几万次，张嘴就来的说书幽默范儿让人听了几句就忍不住揪住自己所有朋友也都来看一遍。

于是，颠覆了以昏昏欲睡姿态占据讲台的传统历史老师形象，袁腾飞在令人耳目一新的同时，也让素来讲究有话不说完、嘴边留一半的不少中国人担忧或愤恨“过于愤青”。

果然，投诉很快铺天盖地。他离开了《百家讲坛》，甚至连中学的三尺讲台也不能留守。

他终于转变了。当然，也有人认为，是妥协。微博上，很少再评论时事，甚至连历史也提及寥寥。更多的，是分享关于信仰的“鸡汤”。

一年前采访时，我问：“有人说你现在成熟了、儒雅了，这是比较好听的说法。更多的说你圆滑了、犬儒了，认同吗？”

他足足踌躇了十几秒钟。

他说：“跟前些年比起来，确实棱角锋芒不是那么尖锐或者说急于求成了。

“我们的信仰，我们的思想，我们的文化，断了一百多年，需要有人把它接续上。这才是我目前最想干的事，让我的子孙后代，还能明白什么叫忠孝节义，什么叫礼义廉耻。”

四

袁腾飞不同意自己是“公知”。相较于“公知”对于现今和未来，比如“中国往何处去”之类宏大叙事的讨论，袁腾飞只关心已经远去的历史：“‘公知’不都是说宪政民主的吗？可我说的是国学儒道啊，我是真正的中华文化控啊。”

这个生于北京长于北京，对传统中国文化痴迷般热爱的男人连想象都没法想象移民。“我怎么可能移民？我连外语都不会说。”他说。

“那怎么对抗无力感？”在如今这个时代，这是个普适问题，每个人都需要回答，不仅是对环境的无力感，还有对自己的无力感。

袁腾飞否认对自己有无力感：“我不焦虑。良田千顷，日食不过三餐；广厦万间，夜眠不足五尺。我不是经商的又不是为官的，既恐高又晕船，不想有私人飞机也不想坐私人游艇，享不了那福，悠然度日就好。”

“那对环境呢？”

“无力感很深。”

“怎么办？”

“上世纪 20 年代，美国驻华公使问北洋政府的一位海军上将：‘你们国家这样天天打仗，有何前途？’将军答：‘中国历史上一乱几百年的时候多了，这么十几年算什么。’或许现在不是最好的年代，我们赶上了，而已。也许后世子孙看我们这个时代会觉得不过是个笑话，但那在漫长浩瀚的历史里也只是一瞬。既来之则安之。”

五

这个学历史的文科生居然也创业了。

现在去北上广任何一间星巴克，十桌有九桌在聊“天使、风投、APP、产品、A 轮 B 轮、商业模式”。空气如此浮躁，简直有些滑稽。

袁腾飞也创业了，这惊讶背后的逻辑是：那些星巴克里西服革履摇头晃脑创业者们唇边的名词他一概不懂啊。“确实不懂！”袁腾飞嘿嘿笑，“我只负责内容，别的都不管，我从小是学历史的，对历史怀有一份深深的温情与敬畏，仅此而已。”

他跟人合作也弄了个APP。将中国文化聚合到一张地图上，每到一个景点、名胜、遗迹，都能听到不同于历史教科书和讲解小册子的多角度阐述，还原彼时彼地那个空间坐标上不同的时间坐标，呈现本来的历史风貌和文化特征。这事儿在我看来很童话感，有点儿像穿越一个多啦A梦的随意门，倾听曾经在不同的平行时空也亲临这里的人跟你面对面分享感受。

“盈利模式是什么？”我又开始了对创业者拷问最实际和最不招人待见的问题。

“挣不挣钱我不管，我就觉得这事儿有意思。”袁腾飞实在地笑。他果然不同于那些侃侃而谈三年公司上市五年未来马云的创业者。

“当下中国是一个典型的全民商业化、娱乐化的时代，说实在话我看不过眼啊。我想尽一份自己的绵薄之力，就像过去说‘思想舆论阵地我们不占领别人就会去占领’，我也不知道我说这些能不能有用，多少人会听得进去。”据说学历史的人都达观，觉得自己来自亘古，肩负一份责任。

曾经梦想四十岁退休，他已经“被实现了”。另一个梦想是弘扬传播中国传统文化，“无论领袖怎样换届、朝代如何更迭，只要汉字汉语、忠孝节义这些东西还在，中国文化就不亡。”

袁腾飞说着这话，神情像一个从历史穿越来的人。

祝他好运。

崔永元：给我想要的自由

如今的崔永元过得很自由，用他自己的话说，没有人审核他的微博了，也不用在刚刚入睡的清晨回台开会。“网上遇到浑蛋，我就跟你练，练到凌晨四点，熬到只剩下我一个人。我就这么活着，无所谓。”

一

见到崔永元[1]那天是十月最后一天，广州依然夏天一般灼烧，北京却已经秋风瑟瑟。我穿着在广州会出汗的单衣西装自以为足够，坐在广院口述历史博物馆宽敞的二楼却寒意渐起。

“他昨晚睡得不太好。”很帅的助理告诉我。

1 知名主持人，中国传媒大学教师。

采访定在下午三点，常常到后半夜还在刷微博的崔永元的一天通常从午后开始。作为同样时常主动被动失眠的夜猫子，我十分理解。

他到了，嘴往右坏坏一歪，熟悉而亲切的笑容："冷不冷？这里冷的话你们上来四楼我办公室，暖和些。"我注意到那两只看起来长期驻守的黑眼圈，忙说不冷。"那我去吹吹头发，稍等。"在电视行业十八年，总是自嘲"长得丑也可以主持节目"实则非常珍惜自己银幕形象的崔永元，没变。

做公益有时是一件吃力不讨好的事。我采访过不少公益人，心酸历历在目。

曾经在台湾过着中产阶层舒适生活的女主播张平宜因为偶然到中国四川的大凉山见到了与世隔绝的麻风村和里面光着脚满山被"放养"、与现代文明完全隔绝的孩子，二话不说辞了工作，自己筹钱跑到山里给这些孩子建小学。这样的事情怎么都可以用那个字眼"正能量"来形容吧？不。建小学涉及到土地，土地涉及到拆迁，拆迁涉及到补偿，补偿涉及到钱，张平宜说钱我来解决。当地有关部门依然不乐意，为什么？因为你是台湾人，敏感，有风险。于是十几年里，泼辣倔强的张平宜是在跟一个又一个人为添加的困难斗争下把事情做下来的。

邓飞跟我聊民间公益的不易时说起过一个词——“慈善恐怖主义”。语出北京师范大学中国公益研究院院长王振耀，他是气不过民间公益人士遭遇的各种道德苛责说出的。

我相信崔永元也一定有这样的感受。因为转基因的争议跟方舟子“结下梁子”，他的基金会、他的公益慈善行动“给孩子加个菜”、他的口述历史项目被全线攻击，理由林林总总。有人在“给孩子加个菜”的相关微博下开骂：“用小孩子作秀，恶心！”同一个人，过了两天又在指责菜价贵、公布的明细还不够清晰。我有时会觉得悲凉，做慈善的人不公布资金支出情况会被批评款项不透明中饱私囊，事无巨细公布又成了“借孩子作秀”。难怪很多人做着做着就心灰意冷黯然退出，一分不捐站在道德高地的人着实太多，惹不起还躲不起吗?

我问崔永元：“这事情吃力不讨好，为什么坚持？”

他说：“前一段我回去躺在沙发上就发牢骚说累死了，我再不想干这事了。一边说一边看微博，一下就看到一个癌症女孩求手术费，你知道我第一件事是什么？我赶紧给它翻过去，假装没看到。”

崔永元顿了顿，“过了一会儿又翻回来。我就拿给我爱人看，我说这管不管？她看了看，说我看你还得管。我说那管吧。就这一瞬间回复了微博，就管，一直管到现在。她可能要花上百万的，我也知道她要这么多钱，我也知道要找这么多钱不是一件特别容易的事。但是不找她就死了，我们为什么让一个人就死了呢？”

我突然有些明白为什么抑郁症会折磨他。“你做不到漠视他人痛苦，是吗？”我问。

“做得到，一万个里面我也只能救一个。但我看到这些心里就是挺难受的，真的挺难受的。”他说。

二

崔永元像是两个分身的合体。

过去十八年里，他温和谦逊、风趣幽默，是常年在电视荧屏陪伴观众的邻家大叔；而从 2013 年开始，他突然死磕上了原本毫无瓜葛的“转基因”，随即离职央视，赴日美拍摄纪录片，在微博和人激烈争论甚至对骂。有人愕然，有人失望，有人讥笑嘲讽，有人坚决追随。有人赞他是社会良心，也有人笑他是堂吉诃德。

被问到为什么死磕，崔永元说：“我是一个公民，得为这个国家为这个民族前途尽一点责，自己应尽的责任。国家兴亡，匹夫有责嘛。”

这话听起来的确容易被联想到堂吉诃德，跟风车作战，给自己披上勇士的外衣，实则却沦为悲壮又有些可怜的笑柄。今年（2015），一家期刊的封面特稿比喻崔永元为“现代堂吉诃德”。于是一时间，很多“敌人”也这样嘲讽他。

我说：“您是不是把太大的责任和使命扛到了自己的肩头，让自己很累。有人比喻您是现代堂吉诃德。”

他笑笑：“你看我的微博后面每天都几十个求助的——哀鸣。说他们家被强拆了、村里面卖他家地了、多收他的钱了、司法不公了、看病交不起费了……各种各样的事，拿我当包公了。”

“当崔永元家没被拆，他站出来反对强拆的时候，你就说他是堂吉诃德。那有一天，你们家被拆了。你需不需要我这个堂吉诃德也站出来替你说一句话呢？”他问。

三

微博近一年有个有趣的趋势，“理科生”突然成了很了不起的称谓。“文傻”“科盲”张嘴就来，优越感蹭蹭蹭。

崔永元对转基因问题的关注引起的最大争议就是“资格”问题——你是文科生，你没有“资格”讨论。

这情况使我觉得魔幻现实主义。

大学期间，一个班一百多号人，女生寥寥可数。男生联谊从不考虑我们，外院、中文、法律才是他们谈论起来两眼放光的选择，使得我从来都不曾有身为“理工科学生”的优越感。

什么时候开始，风水轮流转，学习人文要被嘲笑了？

不久前看《星际穿越》，天体物理知识大热全国：宇宙的起源是什么？宇宙的终极问题如何探究？地球真的难逃末日？人类会灭亡吗？

科幻作家韩松有一段影评：“宗教的救赎，首先是自我救赎。因此电影表现的是信仰的问题。女儿相信父亲最终要回来，就像相信基督重临一样。所以宇航员库珀是耶稣基督般的化身。异星上的死尸，以及飘浮在太空中的主人公，都有十字架上受难者的形象。在这个意义上讲，所有科幻电影，都是宗教电影。然而，最诡异的问题产生了：一部西方的宗教电影，竟然也在无神论的中国公映了。”

这个观点和我的思考异曲同工。电影中印象最深刻的是Cooper穿过黑洞时掉入五维空间，像翻书一样查看四维时空的事件。理论上讲他当时所处的就是“上帝视角”，知晓所有信息的过去、现在和未来。

据闻杰出的理论物理学家都有虔诚的宗教信仰，比如牛顿、爱因斯坦。难以理解吗？一点也不。采访理论物理学家李淼时，他说：“真正的科学家会心存敬畏。在对终极问题的探索上，理论物理与哲学、宗教、神学是相通的。”

很多人或许不知道，宇宙起源问题上如今被科学界广泛认可的“大爆炸”理论起初是由一个神父——比利时神父乔治·勒梅特（Georges Henri Joseph éduard Lematre，1894 — 1966）提出来的。彼时他的假说是基于证明上帝存在的出发点，而最终居然被科学界接受了。

我第一次知道宇宙大爆炸理论就被折磨坏了。控制不住地想：如果宇宙产生于一次大爆炸，那么爆炸之前一分钟时是什么情况呢？究竟是什么促成了这场无中生有的大爆炸？

这个念头折磨我很久。科学思维的人很难接受“everything from nothing”的思维空白，于是敬畏之心——信仰便在人们心中扎根了。是的，很多终极问题人类认知有限，谦卑比狂妄好。

四

如今的崔永元过得很自由，用他自己的话说，没有人审核他的微博了，也不用在刚刚入睡的清晨回台开会。“网上遇到浑蛋，我就跟你练，练到凌晨四点，熬到只剩下我一个人。我就这么活着，无所谓。”他说。

2014 年 10 月，在北京采访崔永元

如今的崔永元对比过往温文尔雅、人见人爱的形象最为颠覆的，大概就要数微博的语言了。他时常毫不掩饰愤怒，粗话回击，令不少曾经非常喜欢他的观众颇为受伤。

一位以前非常支持他的热心观众为他如今的形象惋惜，说他“已经损失了曾经无可挑剔的美誉度”。

我问：“会不会有点得不偿失？”

他毫不迟疑：“那个玩意儿有什么用呢？人人说你好，有什么用呢？我们又不是雕像，也不是圣女贞德，又不是先知，更不是神。没有必要。”

那一刻，我陡然理解，这个难以漠视他人痛苦的“轴人”，终于获得了他想要的自由：熬夜的自由、失眠的自由、任性的自由、犯轴的自由、争论的自由、骂人的自由、率真的自由、坦诚的自由、不屈服的自由、不圆滑的自由、理想主义的自由、厌恶枷锁的自由、蔑视他人目光的自由、无视他人评价的自由。

为着自由，即使付出再多代价，他也在所不惜。

唯有诗歌悲悯她

孤独的她，全部的渴望：对美、对性、对爱、对自由、对尊严，都在诗歌里。

一

2015年1月20日，我坐早班飞机去主持一场中英企业家论坛。疲惫、发冷、睡眠不足，出租车里，晕车到几乎呕吐。我拿出手机看微博，试图转移对于窗外快速移动的景物的注意力。“穿过大半个中国去睡你”，一个标题党性质严重的句子瞬间刷屏，伴随着的，是“脑瘫”“农妇”这些极具眼球效应的标签。

原本以为是恶搞，我并未在意。说真的，“睡”这个字做动词给我一种很不适的感觉，本能地抵触。

有篇文章中，一个副标题——“中国的艾米莉·狄金森”

吸引了我的注意。

从中学起，我一直喜欢两个名叫艾米莉的天才——艾米莉·勃朗特和艾米莉·狄金森，同样的小众，同样的细腻，同样的被标签为“怪人”，同样的生前籍籍无名死后遗珠惊世。最重要的是，她们同样都孤独极了，“比烟花还寂寞”。

我于是坐直，仔细读了《穿过大半个中国去睡你》。“一些不被关心的政治犯和流民／一路在枪口的麋鹿和丹顶鹤”，看到这两句，我一下子精神了。全部读完，感叹不已。

去他的脑瘫，去他的农妇。让炒作去见鬼，让标签去见鬼。这就是一个诗人，好诗人。

二

1月31日，再次早班飞机，我赶到北京参加余秀华[1]诗集

1　湖北女诗人，曾以诗歌《穿越大半个中国去睡你》走红。

发布会。理想国出版公司以创纪录的速度为她出了这本诗集：编辑杨晓燕从萌生念头到把漂亮素雅的《月光落在左手上》印出上市，只花了十二天。

好友编辑小戴笑着跟我说："有人不理解，说你们怎么也炒作啊。"

"完全可以并存啊。"我理解。

杨晓燕的说法要学术的多："传播上，审美上，这本书取得了最大的平衡。"

发布会上，不到四十平方米的漂亮书房挤了几十家同行，长枪短炮让人转身都很困难。等待二十分钟后，余秀华来了。在此之前，我已经看过不少她的视频，熟悉她的表达、她的语调、她的表情，当然也知道她走路会"摇摇晃晃"。是啊，"摇摇晃晃"这四个字甚至成为了各种营销文章和她第二本诗集的标题——"摇摇晃晃的人间"，我怎会不知。

但真的第一次当面见到她，我还是吃了一惊。的确"摇摇晃晃"，但就是有办法摇晃得自信、神气甚至生猛。脸上带着颇为灿烂的笑容，尽管看起来笑得有点吃力，一路走进来一路和记者们打招呼。看到一些曾在之前专程去到她湖北钟祥老家采访的记者，她还像女主人接待客人一样寒暄“你来啦？”“你也来啦？”

这是我第一次听余秀华的现场表达，也是她第一次参加媒体见面会。完全出乎意料，我这个经历过几百次大大小小新闻发布会的“老江湖”被震住了。

2015 年 1 月，在北京采访余秀华

现场记者密集发问，余秀华虽然口齿有些不清楚，但回答问题反应极快、机智幽默，有些犀利令人叫绝。有记者问：“你的最大愿望是什么？”她：“你觉得我应该有什么愿望？”“出名了会不会考虑搬出村子去县城住？”她坏坏一笑：“你帮我想想办法呗。”

三

专访余秀华是第二天，我猜她应该会穿这几天一直不离身的那件红色羽绒服，便决定自己穿件黑色的衬托一下，一来不会喧宾夺主，二来黑红对比观众视觉也会舒服。

果然，她穿了那件羽绒服，脖子还绕着一圈毛茸茸的领子。房间里暖气挺热，专访还布置了灯，其他人都脱了外套，只有她始终不肯脱。“我就这一件好衣服，里面的毛衣不好看。”

我给余秀华扑了些粉，又涂了唇彩。她照照镜子，“还行”。嘴边带着有点呆萌的、难得一见的微笑。龇牙整理牙缝的时候，对仍在一旁跟拍不止的摄影记者说：“不好看，别拍。”

采访中，编导看到我的头发翘了，想用水帮我压下。余秀华毫不掩饰不耐烦：“可以了吧，还不够好看啊？要那么滑溜干吗啊？”

专访的过程中摄像机电池频频报错。余秀华几次说得很进入状态的时候被摄像打断。我满脸尴尬，不住地道歉。调侃电池是适应不了广州北京的温差，前一分钟还满格后一分钟就挂了。换成其他采访对象，这种时候一般会做出大度的样子。但她不，不高兴写在脸上，皱起眉头说：“你们太不专业了！”

摄像沮丧到恨不得钻地缝里，余秀华又说：“为什么不用交流电呢？电池多不稳定啊。”

一屋子人惊叹，她的聪明再次刷新我们的想象。

四

尽管在记者之中早已传开，余秀华特别“难搞”，各种难堪各种下马威一准儿出现。真的对话起来，我却完全没有这种感觉。坐在对面的她坦率勇敢到令我心生佩服，态度却始终平和真诚。于是，我缓慢地提问，她缓慢地回答。我们都不急。

她说她起初在网上写诗并没什么人看，我笑说我采访过汪国真，在 80 年代的大学校园天天写诗，写完就投稿，十首有九首石沉大海。余秀华打断我：“汪国真的诗写得真不好！”一屋子人一愣，继而一起大笑。

“我还真不怕得罪他，不怕他骂我。”余秀华补充。我笑：“不好在哪儿？”“写得太浅了。”她说。

我追问：“那北岛呢？朦胧诗不浅了吧？”

她坏笑：“北岛的诗写得不错。但我看不懂。”

五

我问了一个有点尖锐的问题：“如今是个眼球经济的时代，很浮躁，很多人在炒作。有些人很反感你，他们说要不是你起了个‘穿过大半个中国去睡你’的标题，你根本‘红’不起来。”

我预见她会晴转多云。出乎意料，她没有不爽：“不是我自己要把它挖出来的。你知道吗？这首诗起初放在博客里，看的人多起来我还觉得不好，把它给删掉了。是别人发现了这首诗，觉得‘啊！好痛快！’”

“所以，这还真不关我的事。”她补充。

“嗯，你从没想过炒作？”

她笑：“我还真有过博眼球的想法，写过一些东西放在博客里，都没成功。”

我笑了。

她也笑了：“你看，诗歌是经不起炒作的。”她郑重地下了结论。

我又“刻薄”一步：“很多人觉得，你能获得这么大的关注，多多少少跟你的身体状况有关系，跟你的农妇的身份有关系。换成别的女大学生、女白领，也写一样的诗歌，可能没有多少人会看。所谓‘脑瘫女诗人’这种标签一加，立马不一样了。”

她点头：“说得有道理。别人写《穿过大半个中国去睡你》也会被关注，也会被传播。但是到了关注到个人的时候，她们能挖掘的故事也许没有我的故事多。事实是这样，我不回避。”

“不回避，”我忍不住赞赏，追问，“那你觉得你获得的褒奖有多少成分是因为你的身体状况？”

她坏笑：“那些褒奖我的，基本上都是因为我的诗歌。相反，那些打压我的，倒都是因为我的身体状况。”

六

我们花了很长的时间讨论爱情，但最终的电视节目里我剪进去的并不多。这种讨论给我一种角色错乱的感觉，仿佛一位闺密掏心掏肺，托付了心底的秘密，我激动到必须对得起她的信任和重托。

她曾写下这样的诗句：“他喝醉了酒，他说在北京有一个女人，比我好看。他说，她会叫床，声音好听。不像我一声不吭，还总是蒙着脸。”后来她说，是丈夫亲口承认自己找小姐，“炫耀什么似的”。

她还写家暴，“他揪着我的头发，把我往墙上磕的时候，小巫不停地摇着尾巴。对于一个不怕疼的人，他无能为力。”

我刚提到这首诗“是不是表达了你对于婚姻”，她就迫不及待打断我“厌恶！”脸部很用力，五官都紧张起来。

我顿了顿，“其实你可以选择勇敢结束它。”她刚刚气贯长虹豪情万丈的样子一下子鸣金收兵，“有空再说吧，对他、对儿子、对家庭都不好。”

“所以你为了他们妥协。”

“妥协了恶势力。”她嘿嘿一笑。

七

我静静观察余秀华，几乎所有时间里，她都自信豪迈。唯有谈到爱情，那种从坚硬到柔软、由斗志昂扬到胆怯畏缩的过程简直就是一瞬之间，犹如一个鼓胀的气球被瞬间放气。

“我这样的人，爱情得往后放。”

“可能你只是还没遇到。”

“谁会爱我？下辈子吧，我再年轻的时候。”

看到一个一直勇猛的人突然怯懦，我有些感伤，我说我采访过一些中国农村的女性，她们中很多婚姻都不幸福，有的也遭遇过家暴。但是她们不知道自己不幸福，就这么凑合着过了一辈子。

“不知道，无法理解，是最好的状态。最可怕的就是你知道，又无法改变。”

“那你向往什么样的爱情？”

她脱口而出：“浪漫一点的。”

“什么是浪漫的？”

“唉，这个不好说，真的想不出来。”

八

余秀华的诗歌从不避讳谈及性爱，把情欲描写得热气腾腾、炽热大胆、酣畅淋漓。《穿过大半个中国去睡你》便是其中最广为人知的一首：“无非是两具肉体碰撞的力 / 无非是这力催开的花朵 / 无非是这花朵虚拟出的春天让我们误以为生命被重新打开。”

尽管余秀华多次抱怨这首诗“被标题党”了，但仍有不少读者赞叹其“出奇的想象和语言的力量”。

我于是和她谈性。

两个初次见面的女人谈性爱，这多少有点尴尬。饶是勇猛豪放如她，毕竟也多是独自释放于文字，鲜少与人面对面推心置腹。

果然，我的问题还没说完，她就打断我："唉呀！我觉得你们怎么男男女女的，就对这个性这么感兴趣呢！"

我微微地笑，保持沉着冷静，幽幽地说："这个很正常啊。你知道中国是一个禁欲避谈的社会，几十年了。大家很少会直白地大胆地把自己对于性的渴望、对于性的讴歌和赞美写在文学作品里。"

余秀华表情苦涩地摇头："不对，对性的渴望只是少数人。因为多数人他很容易就得到他想要的性。我觉得在中国如今的社会，男的女的性还是太容易满足，满足得太容易，这真的不好。所以我在诗歌里表达渴望，但是没有去做，而且没有得到。"

看她略微哀怨，我决定赞美一下，"为什么这么勇敢……"

她再次提高声调打断了我："哪有什么勇敢的！诗歌什么都能写，只要不写得肮脏。"

"你知道很多男性也被你诗歌里提到的女性对于性的渴望的这些词句给感动了吗？"

听到这句褒奖，她突然卸下防备，娇羞笑靥如少女："真的吗？这我不知道。我觉得他们肯定恨死我了，还感动。"

"为什么要恨死你？"

余秀华再度哀怨起来："他们会觉得现在社会都是男性主动，一个女性主动他们会觉得……男人被女人给强奸了。"

九

采访结束，一屋子记者互加微信。我问余秀华："你用微信吗？"

"不用。"

哦。我没再说话。

余秀华突然大笑："骗你的！不过我微信只加小鲜肉，不加美女。"

我汗，也笑了。当然，她还是加了我。

有记者调侃她："不如你找个小鲜肉谈恋爱吧。"她又立即哀怨了："长得不好看，谁会爱我，会把他们吓跑的。"

节目播出前，我微信告知余秀华可以看电视，看看自己出现在电视上。只是半秒钟，她立即回了"谢谢"。

熬夜两天，节目赶制出炉。我写下：虽然常常把"脑瘫""残疾”挂在嘴边自嘲，但她其实很看重尊严：婚姻里的尊严、女人的尊严、诗人的尊严、残疾人的尊严。“红”了以后，不少人让她募捐。她很拽地拒绝：“有钱生活就能好吗？”她始终无法跟命运和解，做不到逆来顺受，有时会“泼妇骂街”，她说她脱离不了劣根性。

孤独的她，全部的渴望：对美、对性、对爱、对自由、对尊严，都在诗歌里。

她说，只有诗歌一直在清洁她、悲悯她。

我和诗人余秀华

现实与荒诞

PART 3

◆

人生短暂，

要和有意思的人在一起，

做些有意思的事。

与奥巴马对簿公堂

在“不公平”没有落到自己头上之前，我们都会更想要“效率”。但你怎么就知道，你会永远走运呢？

2015 年 11 月，三一集团状告美国总统奥巴马的案子画上句号。这家中国湖南的民营企业与美国政府达成全面和解。三一撤销诉讼，奥巴马的强制总统令变成废纸。不少评论认为，这是一场“完美胜利”。

事实上，2014 年 7 月，三一在联邦巡回法院二审获胜就已经使得之前各种经济学家和分析师“三一愚蠢自不量力”的嘲讽被奇迹“打脸”。然而，这场耗时三年的诉讼所引起的争议并未就此反转或平息，各种声音平地四起，“你在美国告得赢总统，这难道不是美国司法的胜利？”

身处当下社会，每个人都或多或少是个“两面人”，探究被誉为中国第一金牌职业经理人的三一掌门人向文波内心的真实想法，便成为我的目标。

采访邀约并不算顺利，赴美归来的向文波时间被碎片化利用，在全国各地飞来飞去。为了做成这个采访，我从广州追到北京，又从北京追到济南。这座山东省的省会城市，是向文波最近半年每个月都会来一次的地方。“这里建了新厂，是向总分管的区域。”秘书解释。

很有缘分的巧合。2014 年 7 月 16 日清晨，就是在济南，在向文波每次来出差都会住的这座酒店，他获知了三一胜诉的消息。整整一个月之后，同一个城市，同一座酒店，向文波终于向我敞开了心扉。这个时政、财经、法律跨界的大 case 实在太有趣，对话的过程向文波真诚坦率，然而背后无法言说的深深无奈也令我颇为唏嘘。

来龙去脉

2012 年，三一两位高管持股的在美关联公司罗尔斯公司

2014 年 7 月，在济南采访向文波

从一家希腊公司手中买了位于俄勒冈州的一个风力发电厂项目，却很快被美国外资投资委员会（CFIUS）告知这一项目危害美国国家安全，必须拆除。奥巴马随后签署总统令，要求项目既不能施工也不能转让，必须在限期内拆掉，而负责拆的人还不能是中国人，必须得是在美国出生的美国人。

三一无奈之下便与其打起了官司。但一家外国企业状告总统这事儿在案例法系的美国是开天辟地头一遭。众所周知，总统享有豁免权，总统令也不受司法审查，能不能立案都是个大问号。最终，逆天的美国地方法院基于“程序正义”立案了；逆天的巡回法院又基于宪法第五修正案“不得未经正当的法律程序剥夺任何人的生命、自由和财产”认定罗尔斯公司财产被违宪剥夺。于是，经过两年的辗转曲折，中国“秋菊”赢了。

消息传来，舆论大哗。

“这算不算美国司法的胜利”

看过美国律政剧的人一定会被精彩的庭审辩论情节所吸引，备考过GMAT或者LSAT的人一定会知道，美国教育中非常注重“Critical thinking”的培养。这个概念，恰恰是中国基础教育最为缺失的，直译是“批判式思维”，更好地理解是“逻辑思维”。

此案中最最牛×的人我认为是三一的豪华律师团和美国的大法官们。三一的律师并没有抓着打总统令和CFIUS禁令本身，而是抓住了“程序正义”这个对大多数人相当陌生的概念。法官们则认为，他们无权审查总统的结论，但对于结论得出之前的程序是否违背宪法第五修正案拥有司法审查权。

简而言之，也就是：总统律师辩称这个风场不合法，所以不算三一合法财产，不该受宪法保护。法官则反对说：不能因为你有事后剥夺财产权便说人家一开始就不是合法财产。

于是，三一赢了，总统输了。

我直接问："很多人说这是美国司法的胜利，您认为这个说法客观吗？我们看到行政和司法是彼此独立，各自分开的，可以互相牵制和监督。"

向文波承认："我认为这是客观的。"但他话锋一转，"某种意义上也是我们中国人为美国法制建设做出的贡献。你刚才讲美国是个案例法的国家，这是美国历史上第一次有一个外国企业挑战美国的 CFIUS 和美国的总统。所以美国舆论的普遍说法也是感到非常的意外，他们觉得史无前例。"

说到这儿，我们都笑了。就算"往自己脸上贴金"又何妨，机会公平、程序正义，这是百分之一万二的好东西，甭管在哪里争取并且争到了都是大好事，不是吗？

“在中国告个县长试试”

“三一”可能是中国企业中最喜欢打官司的了。奇特的是，这些官司都是在海外。其中包括备受关注的跟德国奔驰公司打了N年的商标官司（三一的三角logo和奔驰的三爪非常相像），这起官司也是中国历史上与欧美企业知识产权官司的第一次胜利。

三一集团商标

德国奔驰商标

“三一”和“奔驰”的商标官司打了20年

网友们问了一个尖锐的问题：“你在美国告得赢总统，在中国告个县长试试？”

向文波用了一个诙谐的比喻来向我阐明他的观点：“我在美国待过一年，我还记得我的一个工作人员跟我讲，他很后悔跟前妻在打一个离婚官司。他说他后悔死了根本不该打这个官司，打到现在也还没个结果。那点财产权可能还不够付律师费。”

这个回答的潜台词算是默认了“在中国不敢告县长”，我于是进一步提及了三一的痛处——跟国企巨头中联重科的恩怨情仇。

民营企业如何与国企、央企竞争，又如何处理跟地方政府的政商关系，在中国只能用五味杂陈的“你懂的”三个字形容。

向文波有些触动，但表现坚强：

“对企业的发展也没有产生任何实质性的影响，我们为什么要把精力耗在那些事情上，硬要去搞一个赢和输呢？”

人都是理性、趋利的，何况企业家。在法治的环境自然选择遵守规则、养成契约精神、尊重知识产权，然而如果面对特殊情况，谁还不得特殊对待、灵活处理？

真正尝到了法治的甜头，是不是欧美的模式就更好？向文波这样聪明的老江湖斩钉截铁说“不”。他主动打了征地的比方：

“有些时候是一种选择，比如说你到底是选择公平还是选择效率。有时候这两者是矛盾的。我个人觉得，在一些事情上，效率的重要性要远远高于公平。”

这确实是永恒的难题。不禁回想起两年前我参加国际记者项目参访美国夏威夷 Honolulu（火奴鲁鲁，又称檀香山），市长一听说我来自中国就笑说羡慕，“羡慕你们集中力量办大事体制的优越，羡慕你们效率高、不缺人、不差钱”。他诉苦，Honolulu 要修建地铁，议会吵了二十年，就是无法说明花纳税人这么多钱有必要，于是一直没有建。时至今日，这座夏威夷第一大都市依然连条地铁都没有。

“公平”与“效率”，到底哪种模式更好？的确很难有确定回答。

我是这么想的，在“不公平”没有落到自己头上之前，我们都会更想要“效率”。

但你怎么就知道，你会永远走运呢？

国产科幻的春天来了吗？

一旦遭遇市场，再坚守艺术的导演也要妥协，谁让这是个粗制滥造的商业大片分分钟捞几个亿，辛辛苦苦拍艺术电影被嘲笑小众高冷影院不排片观众不买账的时代呢？

一

《三体》电影开机了，剧里穿着绿色军大衣的张静初清纯又坚毅，还真有点叶文洁的味道。尽管很多三体迷担心国内班子毁经典，更多的人还是斩钉截铁地说，“拍出来怎么都会去看！”

上一次人皆谈科幻距离此刻并不遥远。那是几个月前《星际穿越》火到不行的时候，不聊聊五维空间和虫洞简直都不好意思说你看电影。

两次都有人乐观：国产科幻的春天到来了！

二

好吧，我不得不泼两桶冷水。第一桶，是审查束缚。

专访刘慈欣聊了整整两个小时，我先关心的就是《三体》能有多忠实原著，或者再直白点，小说第一部的“文革”历史背景电影里还能保得住几多。大刘笑着解释，这是制片方的事：“不过既然终于开拍了，肯定剧本就过审了。”“那就好。”我安慰，尽管仍忐忑这“过审”的代价不知是多少剪刀。

纵横当时的感想是，“我有点明白为何在国内拍不出《后天》了，其实不是拍不出，是不能拍。推测中的大灾难、军队，两大忌讳，犯了个全”。

地球“超级灾难”是大刘常常挂在嘴边的口头禅，他甚至认真到打算写一份提案提交全国人大，做好这个全人类面临灭绝式灾难、得不到任何外部救援的准备。

当然没能成事。

2015 年 4 月，在广州采访刘慈欣

三

第二桶冷水，是市场制约。

中国最早的科幻小说《月球殖民地》发表于 1904 年，作者笔名“荒江钓叟”。然而相比其他文学类型，中国的科幻文学百年来发展缓慢，进程曲折。改革开放以来，叶永烈、郑文光等一批科幻作家创作出了《小灵通漫游未来》《飞向人马座》

等经典作品。

1983 年、1984 年，科幻文学曾被贴上“精神污染”标签，多位科幻作家受到严厉惩处：郑文光一病不起，叶永烈、童恩正、刘兴诗、肖建亨受到不实污蔑和指控。这次风波几乎使整个中国科幻事业夭折，科幻文学发展再次出现断层。直至在 20 世纪 90 年代《科幻世界》杂志发行量不断扩大，终于培养出一个又一个本土科幻作者。然而，由于人数少、圈子小、产出慢、精品少，长久以来，科幻文学被定义为独居一隅的小众文化。

数据显示，目前长期从事科幻小说创作的作家仅为二三十人，每年出版长篇作品不足百部，平均销量在 5 万册以下。这些指标大概只有科幻第一大国——美国的十分之一左右。

在刘慈欣看来，一些导演“既拍得科幻，又拍得奇幻，还拍得很爱情很生活化”的企图他看不过眼，他毫不讳言心中最理想的状况是“只抓住看这个类型的这一批观众，不能面面俱到，那反而哪边都照顾不到”。

然而一旦遭遇市场，再坚守艺术的导演也要妥协，谁让这是个粗制滥造的商业大片分分钟捞几个亿，辛辛苦苦拍艺术电影被嘲笑小众高冷影院不排片观众不买账的时代呢？

“中国科幻迷也就百万人左右，就算每个人都去看电影，一张票一百，两亿的成本也收不回来啊。”大刘的担忧溢于言表。

四

中国的前三十年，科幻文学更接近科普小说，大多负责向低年龄段读者普及科学知识和预构社会主义国家的美好未来。中国迄今为止卖得最好的一本科幻小说，是叶永烈影响一代人的经典——《小灵通漫游未来》，销量三百万册。即使火爆如《三体》，销量也仅为其三分之一。刘慈欣羡慕地说，那是《哈利·波特》的级别。

已经在冬天里停滞和落后了这么久。春天，你快点来吧。

管他“做人”如何呢？

演员，就是用作品说话，其他事情比如跟谁上床和谁交朋友与谁翻脸关你们屁事。

我不关心周星驰是个什么样的人。

2015 年突然围绕他做人掀起的争议风波我亦没有深入了解，连那篇在朋友圈一度刷屏的《为什么那么多人黑周星驰》我都没有看。

好吧，我承认我点进去了，一瞅那么长又连个 abstract（摘要）都没有，实在阅读无力，便退了出来。我不是臭清高不八卦，我只是懒。

基于一个懒人极其有限的八卦素养，周先生和向太这两人我都很喜欢。

对于周，没有哪个 80 后敢说自己不欠他电影票吧。我在大学时代曾无耻地花八块钱在菜市场买过盗版《周星驰全集》。

两张碟，配着印刷重影的彩色封套和廉价塑料纸。一买到我就如饥似渴地补课了自己之前没看过的几部早期作品，记得有《武状元苏乞儿》《算死草》《无敌幸运星》。于是，周星驰在我十八岁的某一天带给我和我的寝室姐妹们一个没心没肺前仰后合的午后。

第二天，我意犹未尽，又跑去菜市场买了《金凯瑞全集》。

多年之后，我做时政记者，跑政协线好多年，常常穿梭于自嘲“不说白不说，说了也白说”的各种政协委员之间。突然有一年，周星驰魔幻地成了他们的一员。当然，和所有明星委员一样，他神出鬼没，老不出现。

终于露面那天，大会已经开了一个多小时。而会场外一个白发、黑框眼镜的人吸引了所有人的注意，伴随着记者们兴奋的低吟“周星驰来了周星驰来了”，所到之处引起黑压压的围堵龙卷风。我记得有记者问他：“你为什么迟到这么久？”那一头白发下无厘头的脸庞带着不谙世事的无辜和羞涩：“呢个司机唔识路，行错咗，真系失礼晒。”（这个司机不认识路，走错了，真是不好意思。）

向太我也喜欢。从 2000 年开始看香港电影金像奖颁奖礼直播，十五年来一年未落。我记得百分之八十的得奖者感谢致辞中会有“多谢晒，向生向太（多谢向先生向太太）”。以我的观察，那应该是真诚的感恩。喜欢向太还因为我很喜欢的张柏芝，尽管当初这个一门心思只知道爱的特立独行双子座丫头闹解约翻脸，向太依然接纳和原谅她，掏心掏肺帮助她。我直觉，向太应该是个心直口快、护夫心切的气场女人。

我不喜欢的是后来网上铺天盖地的对骂，星粉和星黑骂得天昏地暗日月无光兵来将挡水来土堰，焦点皆围绕一个关键词——“做人”。

他 / 她不会“做人”。

管他“做人”如何呢？管她又“做人”如何呢？他 / 她做人如何和你和我有一毛钱关系么？我们如果喜欢他 / 她的作品，那就欣赏；如果讨厌，那就远离呗。如果他 / 她觉得自己说错了话做错了事，那就道歉；如果觉得没说错没做错，那就继续呗。

从什么时候开始，我们很少关心作品，却只关心“做人”？你或许不知道，天才很多都是偏执狂，而偏执狂基本都是孤独的。乔布斯不爱洗澡，当年把雅达利公司的同事熏得崩溃，主管只得让他凌晨工作。戈雅一天之中正常的时间不多，总是在疯狂和清醒间依靠画笔诉说内心的狂躁和呓语。艾米莉·勃朗特当年被自己亲姐姐、“先红起来”的夏洛蒂泼冷水，“比烟花还落寞”的她在人情冷漠与周遭否定中郁郁而终。天哪，《呼啸山庄》比《简爱》伟大得多呀！

扯远了，我想说的是，某某导演、某某演员、某某作家、某某编剧的私生活、朋友圈、床笫史有那么重要吗？相形之下，他或她有过什么作品居然变成了最次要的事情。

又从什么时候开始，我们很少谈论作品，却只谈论“话题”？好导演厉兵秣马厚积薄发好几年用心拍出来的作品乏人问津，一部部烂出地球新高度的破片却赚得盆满钵满。你若问“明知道烂片还去看？”他会回答：“这个话题这么火，不看显得很 out 啊……”我们是如此不自信，如此缺乏安全感，如此害怕被“时代”抛在后面，如此害怕自己 out 了。

我很欣赏的两位内地女演员，余男和郝蕾，都不算很红，既没有“话题”，也不会“做人”，如果用流行的几线几线来形容或许排不上第一阵营。但我真心觉得她俩配得起“演员”这个称谓。对，不是明星，不是艺人，是演员。

演员，就是用作品说话，其他事情比如跟谁上床和谁交朋友与谁翻脸关你们屁事。记得郝蕾有一次接受采访，提到在娱乐圈大染缸里多年来特立独行，有一句话简直赞到不行：“他们视我为异类，只是因为我不屑于掩饰自己的轻蔑。”

我想，这大抵就是“不会做人”吧。

周星驰想必也不太会做人，据闻他在片场“独断专行”，更要命的是三天两头有新点子蹦出来，把一剧组的人折腾得团团转。希望朝九晚五按时下班老婆孩子热炕头的人必然是受不了的。

窦文涛在《锵锵三人行》里说，对于作品和业务的精益求精必然会得罪人。比如有个记者跟着看他录了一整天《文涛拍案》，一遍又一遍，他就是不满意。那记者都烦了：“我实在看不出来第一遍和第九遍有什么不同。”

过去两年，我做个小型电视栏目，以自己神经病的个性，也常常半夜三更精剪，做好了发现有小错误或者不满意又改。这过程中，没少被美编姑娘训诫“为什么定稿了又改？为什么改完了还改？”是啊，看起来能接受不就得了，那么执着不是有病吗。我努努嘴，暗骂自己要学会做人。差不多就好嘛，不要折腾人折腾己，学会做人睁一只眼闭一只眼和谐美满皆大欢喜祖国山河一片红嘛。

可是……臣妾真的做不到……半夜三点我会从噩梦中惊醒蹦起来：“一定得改到最好啊！”接着趿拉着拖鞋自己回去机房，吭吭哧哧改到没有一帧不满意为止。然后周身舒爽，带着两只熊猫眼哼着小调班师回朝。

其实，并非所有跟周星驰合作过的人后来都交恶。我曾专访的香港电影金像奖主席、著名导演陈嘉上说起当年和还叫“星仔”的周星驰合作《逃学威龙》《武状元苏乞儿》，脸上是满满的怀念：“那是港产片、港产喜剧最美好的时代。”

我问他：“您合作过非常非常多著名的演员，最欣赏的是哪一位？”

陈嘉上：“是周星驰。他这个家伙，天才，就是天才。他总是给你惊喜，让你出其不意。让你惊叹‘居然可以如此！’”

我：“后来星爷自己也做导演，您怎么看？”

陈嘉上：“真的不容易。香港整个氛围那样低沉，那样不开心的时候，竟然可以自己逃出来，站在另外一个位置，拍喜剧。我个人就办不到，观众谁愿意去买票。”

我：“但是他做到了。”

陈嘉上：“他做到了。”

为什么非要做“人生赢家”？

人生为什么非要分出一个输赢呢？你可以嫁得好，她可以学得好；你可以安逸舒适，她可以独立进取，大家“万类霜天竞自由”不好吗？

一

2015 年 5 月，我在广州专访英国史上首位女性驻华大使吴百纳。采访在珠江新城总领事安静的官邸进行，我们把场地布置好，静待大使，脑子里想象着女性大使大抵该是温婉恬静优雅端庄的样子吧。未几，远远听见她豪爽的问好，风一样走近，房间所有人都一惊：排球运动员的高大体魄、利落的短发、坚毅锐利的眼神。更出乎意料的，她坚持使用中文接受采访：“从没试过，让我试试！”

英国驻华大使吴百纳

采访的那天，恰好希拉里宣布竞逐2016美国总统大位。从默克尔到希拉里，从朴槿惠到蔡英文，聊起最近一两年女性越来越多担纲世界政商领袖的趋势，我不能免俗地问起那个女性成功人士被问过千百遍的难题：家庭和事业如何平衡？

吴百纳爽朗一笑："没有家庭，没丈夫没孩子。我一个人来北京上任的。"

在注重家庭观念的西方，这的确相当少见，我掩饰住自己的惊讶，尽量装作平静地问：“那您工作之外会做些什么呢？”

“和朋友们吃饭，隔天就去游泳。”她眼睛放光，“我非常爱游泳！”

二

2015年6月，洪秀柱爆冷成为台湾大选国民党候选人时，我写了一条微博：“洪秀柱成为台湾大选黑马，民调不输蔡英文，明年很可能是两位女性的竞争。同样是2016，除了备受瞩目的希拉里，共和党候选人之一前HP掌门人卡莉亦是女性。我们很有机会见证一个罕见的卓越女性政治家充分展露风采的时代。”

一位粉丝随后跟帖，“有意思的是台湾四大政治女强人，蔡英文、洪秀柱、吕秀莲、陈菊都未婚，韩国的朴槿惠也没有结婚。貌似东亚文化下的女性如果选择从政必然要牺牲家庭，很多强人干脆选择不婚。”

看完我采访吴百纳的节目和这条微博，已经是两个孩子的妈妈的好友跟我聊天："我觉得她们的人生是残缺的，"继而她斩钉截铁，"她们一定不幸福！"

三

2015年年末，我受邀参加一档讨论婚恋的电视节目录制，主题是"单身，是一种病吗？"逻辑是，年轻人、尤其是女性，到了年龄就应该恋爱、结婚、生子，如果一直主动单身，无异于一种"病"。

到我发言，我说："这命题的设置就饱含歧视。恋爱或单身、结婚或不婚、生育或丁克、生一个还是两个都是选择，平等的选择。为什么单身就是一种病？那么怎么不讨论'恋爱是一种病'？"

节目现场一片所谓大龄剩女频频点头，其实她们不过是二十出头每每逢年过节被家人朋友逼婚逼着急了的年轻人。

我接着感叹："特别厌倦过年的时候那种一成不变含饴弄孙的广告以及七大姑八大姨'嫁人了吗老公有钱吗'的问题。

记得几年前我看到过一位朋友这么说，过年如果能看到这样的广告就好了：‘爹妈对闺女说，人生意义不仅仅是结婚生子，我们爱你；爹妈对儿子说，不论你喜欢男女，有爱就好；姥姥姥爷对外孙说，没有爸爸我们也是一个大家庭。’”

四

2015 年，有一个网络词汇非常流行——人生赢家。在各大综艺节目中，被冠以“人生赢家”的女性无一例外是嫁给名人或有钱人，衣食无忧，生了一到若干个孩子。似乎人生固有模板，“赢家”可以复制。

可是，人生为什么非要分出一个输赢呢？你可以嫁得好，她可以学得好；你可以安逸舒适，她可以独立进取，大家“万类霜天竞自由”不好吗？

我于是在微博写下：“我们的社会价值单一到苍白。为什么单身但独立、不婚但快乐、丁克但充实的女性们就不是人生赢家？”

五

2015 年年初，著名哲学家周国平因为把二十年前写的文章中的两段文字放上微博而引发轩然大波。那是他 20 世纪 90 年代初的旧作《爱的五重奏》中的文章《论女性》的节选。“女人只有一个野心，骨子里总是把爱和生儿育女视为人生最重大的事情。一个女人，只要她遵循自己的天性，那么，不论她在痴情地恋爱，在愉快地操持家务，在全神贯注地哺育婴儿，都无往而不美。”这条微博发表后，短短几小时内就遭到了大批网友的攻讦和声讨。

始料未及的周国平立刻发布另一条微博试图澄清，“我的意思不是要女人回到家庭里。妇女解放，男女平权，我都赞成。女子才华出众，成就非凡，我更欣赏。但是，一个女人才华再高，成就再大，倘若她不肯或不会做一个温柔的情人，体贴的妻子，慈爱的母亲，她给我的美感就要大打折扣。”

然而这澄清却适得其反。一个小时内，六千多条评论汹涌而至，攻击愈演愈烈，周国平不得不删帖了事。

大半年之后，我再度采访周国平。我笑说您二十年前的文章放到现在会不会有点过时了，那会儿流行忍辱负重的刘慧芳，现在可不一样了。

周国平想了想，认可时代确实不一样了，但又坚定而不无委屈地补充：“性别这个问题上过于强调本性别的独立性，我觉得不是特别健康。真正有信心的话，你不会强调这一点。我们为什么一谈家庭价值好像就和事业冲突了呢？在西方这是一个普遍的观念，不论男女他都重视家庭价值，他认为不能为了事业而牺牲家庭的欢乐。”

六

我并非女权主义者，但也忍不住思考，在既尊重家庭价值又崇尚个人奋斗的西方，为什么扎克伯格可以为了陪伴刚出生的女儿休陪产假两个月，雅虎女 CEO 梅耶尔生完双胞胎女儿两个星期便匆匆返工。除了创始人与职业经理人的区别，恐怕女性在职场的弱势也是事实。

然而，我们难道能说，梅耶尔就不是“赢家”吗？

在我看来，做个小白领，兢兢业业，快乐满足，就是赢家；辞了工作，开拓视野，满世界周游，也是赢家；拼杀累了，回归家庭，陪伴孩子，见证成长，还是赢家。

参差多态乃幸福本源。

包容多元，每一种不同的人生都是自己的赢家。

让我们忘掉“动机”

难道因为诺贝尔有私心，打着自己的小算盘，我们就能愁眉紧皱地说：“莫言屠呦呦那个奖真不怎么地？”

五个女孩在2015年妇女节那天举行针对公共交通工具上的性骚扰抗议活动，引发很大关注。除了事情本身，我担心会出现一种让人不舒服的声音——动机炒作论。果然，看相关微博评论，有人“义正辞严”地指出，这五个女孩只是为吸引眼球，炒作罢了。

“你想红吧？”

“你想炒作吧？”

听起来耳熟吗？太耳熟了。如今你在微博上说个什么，批评个谁，呼吁个啥，一定会有人上帝般呵斥：“你不就是想炒作吗？”说完他简直要陶醉在自己洞察秋毫的睿智之中，那正义凛然，头顶仿若罩着一个光圈。

扎克伯格夫妇在第一个女儿降生之后决定捐献自己所持 99% 的股份（价值 450 亿美元）建立“Chan Zuckberg Initiative”基金，用在治疗疾病、扫清不平等这些改变人类下一代的项目中。他们在写给女儿的信中说，希望使女儿成长的这个世界更加美好。我不禁又有一丝担心，这种为了庆祝新生命到来而着手改变世界的任性又酷帅的善举，会不会又有人洞悉出什么别有用心的动机。果然，一切蛛丝马迹都难逃一些智慧国人的火眼金睛：“哪儿有人真那么好心、他们一准儿是为了避税、这背后一定有阴谋、别被那家伙忽悠了……”

想起 2015 年年初，德国青年 Rehage 的视频火了，有粉丝好心劝慰我：“你不该转发那个德国人的帖子！”“为什么？”“他是西方的，没安好心。”“哦，他安没安好心我们谁都无法证明或证伪，为什么不能听听他说的对不对呢？”

那个善良的粉丝憋了很久，回复：“就算他不是别有用心，也不过是个炒作的傻 × 而已！”再想回信，发现我被拉黑了。

这论调真的不新鲜，年初那个关于雾霾的视频爆火的时候各种揣测制作者动机的阴谋论都被用滥了。记得当时金庸迷六神磊磊是这么说的："扯动机，乃是一种下流的恶习。张无忌救六大门派，满世界谁在质疑他的动机？灭绝师太和成昆。可见凡事喜欢问动机的，不是脑袋太轴的，就是性子太劣的。动机是个近乎无法证明的东西。你不能用无法证明的东西判人家的刑。范遥毁容打入汝阳王府内部？我偏说他的动机是骑墙投机改换门庭；令狐冲和魔教作对？我偏说他是方证冲虚豢养教唆的。这样很不高明，很没劲。"

真的很没劲。我想说，就算呼吁反对性骚扰的女孩真有"动机"，就算扎克伯格夫妇真想避税，就算 Rehage 和柴静真想"炒作"，So what（那又怎样）？

一个人干了一件事出来，为什么不能看看事情本身做得怎么样、对大家的作用如何，而去纠结毫无意义的"动机"？

"动机论"的升级版是"阴谋论"，小小一件事背后一定隐藏着惊天阴谋。雾霾来了，某位教授说这是西方国家发动的"气象战"；朝鲜合唱团没演出就回去了，某位时评作者说这背后必定有一只"黑手"……

珍贵的想象力被用在这些地方，人便患上了臆想症，看谁都想害自己，疑人偷斧，不能自拔。社会上本来最宝贵的人与人之间的善意、真诚和信任也便被透支殆尽。熟悉这样的逻辑吗？“你没有撞老太太？那你怎么可能扶她送她去医院还垫了医药费？你一定是心虚！”

代价我们都已经太熟悉了。彼此提防，人人自危，社会冷漠，美德崩塌，人不为己天诛地灭，互害模式完成。终于，他人即地狱。

我想，大概是尼采所说的“与人为敌是我的天性”的思想影响太深，我们已然如此习惯于零和博弈。总觉得有他没我有我没他，必须时刻绷紧斗争的弦。“什么？！居然某某有自己的小打算？！那我一定得揭露他的丑恶面目！”

殊不知，如今已经是共赢时代了，大可不必事事你死我活。任何人干任何事当然是出于自己的目的，王阳明曾国藩的高大全很棒很美好，但究竟有几分真实恐怕人人心里都会打鼓。既然我们能够承认做圣人不现实，别人食把人间烟火又有什么大逆不道？

曾有一位美国记者说：阿尔弗雷德·诺贝尔当年设立奖金，多少是因为他有某种赎罪心态。作为一个制造火药、炸弹的化学家和军火商，他做出来的东西夺去了那么多人命，其中甚至包括他自己的弟弟（1864 年 9 月 3 日，斯德哥尔摩的工厂 Heleneborg 的大爆炸造成 5 人死亡，其中包括诺贝尔的弟弟艾弥尔）。但谁能否认，他设立的奖项大大推动了物理、化学、医学、文学，尤其是世界和平的发展。

难道因为听别人说诺贝尔有私心，打着自己的小算盘，我们就能愁眉紧皱地说："莫言屠呦呦那个奖真不怎么地？"

当我们谈论电影

PART 4

◆

在如今这个弘扬直白、

不端、真性情至上、颠覆反鸡汤的时代，

人们是如此矫情地痛恨“矫情”。

韩寒：我的文艺无人可及

“不会有人喜欢倾听你的痛苦，说给朋友，朋友不好受；说给敌人，敌人更开心。”

一、没有毫无道理的横空出世

2013年6月，我开始做《佳访》，韩寒几乎是我第一个想采访的人。那会儿方韩大战已经硝烟散去，韩寒的博客也久不打理杂草丛生。从业务角度说，他并没有“新闻由头”。但我本能地感觉韩寒有些变化，似乎是酝酿一些新的力量，又似乎是远行前憋在屋里准备着什么。

微信里，韩寒的声音平和礼貌：“能不能过两三个月，我正在做一件事儿，估计那时候正好可以说了。”

我很快知道他在筹拍自己的电影。了解过无数导演折腾“龙标”（电影公映许可证）的悲催史，彼时我心里想，两三个月，

2014 年 7 月，在广州采访韩寒

会不会乐观了。果然，我等了整整一年。2014 年 7 月 24 日，《后会无期》首映的这一天，韩寒终于坐到了我的面前。

而事实上，此时距离他最初萌生“拍一部电影”的念头，已经过去了几乎五年。我问：“为什么会想拍电影？”“我小的时候就喜欢，看《成长的烦恼》的时候就对影视有兴趣。日常生活中积累的，我在写小说的时候，脑子里有时候也会在划分镜本。”韩寒说。

没有毫无道理的横空出世，没有。

二、都不迈步上路，抱怨什么平凡

“我曾经跨过山和大海 / 也穿过人山人海 / 我曾经拥有着的一切 / 转眼都飘散如烟 / 我曾经失落失望失掉所有方向 / 直到看见平凡才是唯一的答案。”

朴树的《平凡之路》发布后我很快看到评论，大意是说人家朴树人家韩寒是历尽繁华之后发现平凡才最靠谱，你们这些一辈子平凡的屌丝感动得稀里哗啦不是白痴么 blabla。

也有人说韩寒的成功多轻易啊，当作家成功了，当车手成功了，当主编成功了，就连当导演也成功了。

轻易么？《后会无期》电影全纪录《告别与告白》的书摘里韩寒有这样一段文字：“不会有人喜欢倾听你的痛苦，说给朋友，朋友不好受；说给敌人，敌人更开心。我其实写过不少文字，表达我做这件事情那件事情的努力和不易，但似乎人们会忽略这些文字，觉得我的成功都很轻松。那就当我很轻松吧。就是潇洒，没有办法。”

很共鸣。我于是觉得韩寒很像是电影里的“旅行者”N号，一个人前行，在一个个新地点、一个个新兴趣、一个个新目标、一个个新身份之间旅行。

我问：“两年前的‘代笔风波’会不会促使你拍部电影证明自己？”

彼时的轰轰烈烈、刀光剑影、群魔乱舞、热闹非凡还依稀如昨，韩寒已经云淡风轻：“这些在我眼里我觉得太渺小了。所有做的事情都是遵循我自己想要做的节奏和步伐去做的。”

我突然想，那些撇着嘴说“我跟朴树和韩寒怎么比，他们资源多丰富，他们肯定做啥能成啥”的loser们，你们能否至少像马浩汉（冯绍峰饰）和江河（陈柏霖饰）这俩 loser 一样，先迈步上路，想做什么试试看呢。

连路都不曾上过，你有什么资格抱怨路平凡。

三、有很多解读，它肯定不是烂片

我看了两遍《后会无期》。

首映那天的零点，广州正佳广场的所有扶梯客梯都已停运，我踩着高跟鞋，从货梯摇晃到七楼。在一种迷宫般的兵荒马乱中沉着找到了影院，冷静冲入一号厅。感谢电影前面的《白发魔女传》贴片广告，没有耽误一点内容。

一个人坐在最后一排的角落，我旁边的 95 后少女们从第一个镜头就开始笑，笑得花枝乱颤笑得欲罢不能。我只好说，你先别笑了，后面的更好笑，你会听不清后面的笑点的。那姑娘觉得有道理，把“关你 × 事”收住，笑点立竿见影提高了。

两个看起来很狗血的故事，招嫖被抓和笔友见面是兄妹之后，“悄悄问圣僧女儿美不美”的音乐响起。男声版，伴随着两个loser大男人前路未卜的旅程。而他俩，一个刚刚被苏米（王珞丹饰）仙人跳，一个被其实是妹妹的刘莺莺（袁泉饰）告诫“喜欢就会放肆，爱就会克制”。

影院里又开始笑，大概因为86版《西游记》的“乱入”太喜感。我却一下子泪流满面了。天知道小学中学多少个寒暑假我一遍遍在家里看小彩电上的《西游记》重播，一遍遍被唐僧和女儿国国王虐得死去活来。

采访时，我第一个问了韩寒这个细节。韩寒说：“我也很喜欢当时唐僧的那一段，见到女儿国国王的时候，他说了四个字特别感人，‘若有来生’。”

第二天早上，我又去看了一遍《后会无期》。注意到很多此前忽略的细节。比如马浩汉的父亲曾说过“带不走的留不下，留不下的别牵挂”，然后就走了。比如他被自己抽烟烧死还捎带上了房子，而马浩汉开头就烧了他家房子。比如江河说“再混蛋的人也可以局部信任”，接着他俩看到了卫星，而关于NT3M5P，骗子阿吕（钟汉良饰）真的没撒谎。

再比如苏米说“如果有机会我把我的故事讲给你听，可惜没有这个机会了”，结局却相反。还比如看起来迂腐的naïve

跟周沫（陈乔恩饰）说自己安于现状喜欢安静不太想往上爬的江河，最终却获得了世俗意义上的“成功”。

一部电影当然有人骂有人夸，韩寒显得坦然甚至欣喜：“如果有很多的解读，它其实有一个好处，就是势必不是一部烂片，它至少是有一定质量的。没有质量的片子，你会连解读都不想解读。有的时候我看了一部烂片，出电影院提都不想提。我会好想爱抚一下自己的眼球，‘辛苦你了’。”

我提及有些解读魔幻乃至奇葩，韩寒也显得慈祥又宽厚：“有些解读呢，可能比较奇怪，但是这些解读正是说明他们自己把自己当成了编剧的一部分，甚至他们有的时候自己的解读，其实比我自己设想得更为精妙。”

于是我今天真的看到了一个少年派般的奇幻解读：

有影评说江河跟马浩汉这一路什么都没发生，电影里这些是开始被弄丢了的胡生（高华阳饰）看到江河写的书里面写的。最后结局周沫成大明星、苏米跟周在一起这些也是假的，只是书里的结局。电影最后一个镜头是江河跟马浩汉在商量小说结局，就是说他们这一路其实一点剧情都没有，就是平凡之路，分开后就后会无期了。

四、“他们喜欢把一些事件，想象成一个人的心路历程”

我当然问了你为什么不犀利了，你为什么不愤青了，你为什么不公知了，你为什么岳父了。

之前看到很多特稿里已然为韩寒构思好了许多逻辑严密的答案，比如有妻有女为人夫为人父，要趋利避害些圆润些，比如经历了方韩大战的硝烟，爱惜羽毛的人希望少些争拗blabla。

韩寒解释了自己减少写杂文的原因，“所有的不公的来源其实都蛮接近的，就是体制等很多遗留的问题，差不多。怎么写其实都是变成一种重复，我不希望自己做这种重复的事情。我觉得社会责任感，有它另外一种表达方式。”

我问自嘲是“高级键盘侠”是不是出于一种对现状的无力感。韩寒笑：“‘键盘侠’我觉得不一定是负面的贬义词。这个其实很正常，编剧也是‘键盘侠’，我拍电影的时候也做了三四个月的‘键盘侠’。本身能成为‘侠’就很不错了。管它是什么‘侠’呢。”

至于媒体为他假设好从“愤青”变“犬儒”、从“激进”

变“保守”的种种理由，韩寒说：“他们把我的人生所有的起起伏伏都已经想好了节点，你因 A 所以 B，因为 B 所以 C。其实他们自己在心中拍了一部电影。对我来讲，其实根本彼此之间是没有关联的。”

五、“我的文艺无人可及”

有人说韩寒曾是叛逆少年，继而成为了文艺青年，本期待他成为犀利中年神马的，怎知却成了商业中年。

韩寒不服：“我觉得这么说的人，一定是非常不了解我的。我身上的文艺无人可及。”

大家都笑了。

这个十六七岁就开始签版税的少年作家比出版社还更早了解“商业”，尽管有人说他如今俨然段子手 + 国民岳父。他也一脸无辜呆萌地问我：“你没发现我的段子都特别文艺吗？”

宣发旅途上，韩寒的行程被细化到分秒，每天平均只睡两三个小时。他的工作群里不少工作人员的印象是，导演简直不休息的，凌晨三四点，发个微信他会立即答话。

还有明显的变化是，以前总给人高冷嘚瑟叛逆酷拽之感的韩寒如今十分平易可亲。在广州举行发布会的酒店，一个服务员小姑娘怯生生举着手机看着快步而过的韩寒，他主动停下来："你想合影吗？"小姑娘用力点了点头，韩寒微笑合影。旁边的工作人员急着催他走，韩寒看到另一个帮忙照相的服务员小姑娘委屈的神情主动开腔："那你也来一张吧。"

据说提起这种改变，韩寒曾这么插科打诨："我觉得我一直很慈祥，十八岁的时候更慈祥。"

作为一个"旅行者"，韩寒已经走过作家、歌手（临时玩票）、车手、主编（独唱团只做了一期）、公知意见领袖（标签）、导演等等多重角色，他不讳言对于"导演"这个新角色的喜欢。尽管还在热火朝天地宣发，但对他来说，这部电影已经翻篇儿，他已然开始着手下一部作品。

"接下来其实就是，像台词里说的一样，'下一个地方'。"

1980年代：不只有爱情，错过就不再

在1980年代，牵手，于夕阳或月光下散步，是爱情的万能公式。蔑视权贵和金钱，崇尚才华和艺术，是爱情的最低标准。

一、鸿沟

《1980年代的爱情》开始公映了，评价两极，喜欢的爱死，不喜欢的烦死。一位85后的单身男生在响应我的推荐去观影之后私信我：“陪伴是最长情的告白，等待是最矫情的自high，可能我没有经历过，真不太能认同这种爱情。”

忙完一天，晚上十点，一个人坐了N站地铁奔到广州唯一一个有夜场排片的影院。商场正打烊，与人潮艰难逆行往上冲，我终于摸黑坐到了小小影厅里的最后一排。

开场了。

画面优美，音乐悠扬，每一帧都赏心悦目。然而剧情推进舒缓，影院里明显有急性子不耐烦，一段时间后，前面一排的两个人离场，嘴里嘀咕着：“文艺癌”。

银幕上，丽雯（杨采钰饰）正关上供销社的木门把雨波（芦芳生饰）拒之门外。我身边的小年轻讪笑出声：“绿茶婊。”

黑暗中，我叹了口气。在如今这个弘扬直白、不端、真性情至上、颠覆反鸡汤的时代，人们是如此矫情地痛恨“矫情”。习惯于青春片的堕胎车祸三角恋、美剧的舌吻扒衣滚床单，眼前这种平淡、克制、朴实甚至有些沉闷的感情与时俱进地令人费解和困惑。想想看，假如现如今生活中出现一个明明很爱却拒人千里的姑娘，一准儿被冠之以“做作、心机、欲擒故纵”吧。那么有人“婊”字飙出，也便不出奇了。

二、清教徒

原著里，在公母寨供销社门前，男主角即将回城、与丽雯分别的前夜，作者野夫有这样一些描写：

“在这一刻，丽雯似乎突然意识到她将从此错过这一切。一种长期自控压抑的情感，被酒意和月光所燃烧，顷刻间难以自持一泻而出。她猛然扑进我的怀中，呜呜如失群夜鸟般，低声痛哭起来。第一次双手嵌进我的双臂，秀发覆盖着她的头，深埋于我怀中抖动。

“直到此刻，我才似乎确证她的爱情早已深埋于心。我惊疑之间，突然想永远抓住这迟迟才明白的感情，甚至试图放弃一切而决心留下。

“我努力想扳起她的头颅，企图去吻她的嘴唇，却怎么也无法靠近她万般躲闪的唇。她的头在激烈扭动，娇喘吁吁抵抗着不让我吻到唇上。我虽然已经激动难耐，难以自持，但只能贴近她的泪脸，并不敢真正野蛮冒昧地强迫。我在她的疯狂投入和拼命对抗里，最初不明所以，又恍惚若有所悟，最后只好绝望放弃。

“她的哭声戛然而止，抬头松手，退后两步，默然相视片刻，忽又转身轻说：对不起！以后多多保重，我走了！然后疾步而去。我流泪目送着她的背影消失在月色屋影中，只听见杳杳的跫音在青石小街上的余响……”

知名作家野夫

文字的描写连些微心理触动也细细捕捉，复杂而纠结的过程丝丝入扣。电影艺术或许太难呈现，这些整个删除了。

一年前在采访野夫时，我曾问及小说里这个给我印象最深的场景。

他的回答颇为动情：“完全是真实的故事。我们那个时候是很纯洁的，你明明非常爱这个女生，但根本不敢去主动拥抱她一下。当她突然哭着拥抱你的时候，你一下意识到她是爱你的，你想去吻她，这个时候你被鼓励了。但是你发现她坚决不服从，你又一下觉得不可琢磨了，不能把握她究竟是礼仪性地跟你告别，还是想把你留下来。”

用如今的网络语汇形容，这大概就叫作“虐”吧，历经劫难的人们从幼时起的成长便是在严酷的对人性的挤压之下，尽管社会刚刚放开，那份庄严却依然如暮色沉沉。

野夫点头：“是的，特别虐心，那个年代很多爱情都是这样从手中滑落了的，那也许就是后清教徒时代的痕迹。”

三、成全与放逐

看完电影，我找到了年轻观众觉得矫情、无法共鸣的源头：“1980 年代”这六个字承载得太多，太沉重，太欲言又止，太感慨万千，而电影砍去背景，裁掉枝丫，只剩下了——爱情。

丽雯究竟为什么冷若冰霜，又为什么在多年后主动去和男主角做爱，之后又再次不辞而别。我试着理解。

原著里有这样一段话：

“我其实从很小开始，就意识到我们成长的那个时代的粗野和怪诞。我在转学去县城之前，生活在另外一个小镇。整个‘文革’年代，那个小镇充斥着无端死亡的气息。我曾亲眼目睹，一会儿是造反派把当权派（基层政府官员）捆绑上台批斗毒打；过一阵子，又是保皇派把造反派捆绑吊上了房梁。每个人都在喊毛主席万岁，胜利者却总是诅咒对方是毛主席的敌人。人群被莫名奇妙地划分为敌我，仇恨和报复循环往复。我的父亲和丽雯的父亲，都是国运下的祭品，他们在不同的政治背景下，各自分担着恶世的疼痛。”

个人成为最最微不足道的殉葬品，领袖意志和集体主义代替了一颗颗具体的千差万别的心脏无声地整齐划一。爱又如何？那个叫作“出身”的东西，真实地相当于今天年轻男女谈恋爱的房子和钞票，每个人自觉地思忖：“我配吗？”拖累和株连是真实上演的戏码，一声表白前被压上无数大山。屈辱隐忍也好过自不量力、祸害他人。

20 世纪 90 年代以后直至今天，在我们全面扑向消费主义的社会里，安全套已经随处可买，十几岁的小姑娘暑假堕个胎甚至生个孩子连社会新闻版面都上不了了。那仅仅三十几年前曾经厚重的情感与压抑已然恍如隔世。

电影中还有一处令人理解的改动，男主角在 1989 年之后的入狱原因被改成了“安全”的经济罪，原本野夫个人被大时代残酷裹挟的多舛命运在这里简化成了下海的追名逐利和玩世不恭。姑娘多年后献身的那份深爱、心疼夹杂敬意也便变得没了来由。

一位 70 后已为人父的男士看过我对野夫的采访，观影之后很触动：“我能理解，可能我足够老吧。人性的压抑、牺牲自己成就别人的思想，男女之间过于拘谨导致遗憾。或许也正因为有这样的遗憾，这段感情才被铭记，这样的人生才值得回味。”

四、远去的 1980 年代

文学评论家敬文东在序言中这样描述 1980 年代：过来人都愿意承认，一九八零年代是奇迹，是共和国历史上罕见的清纯时代，是废墟上生长出来的好时光。那时，野夫年轻，爱情更年轻；那时，野夫纯洁，不敢亵渎神圣的爱情。在1980年代，牵手，于夕阳或月光下散步，是爱情的万能公式。蔑视权贵和金钱，崇尚才华和艺术，是爱情的最低标准。不像现在，一切都需要货币去定义。因此，前世的爱情构成了野夫心中隐秘的骄傲，也是整整一代人的骄傲。

作为1980年代才出生的人，我不敢妄言自己能够心有戚戚。但我依然喜欢这样的作品，能使得我在一地鸡毛和无谓压力之中与自己静静独处，怀念这片土地上善良人们最为怀念的那个时代。

正如野夫所写：

“我想纪念二十世纪唯一一个美好的年代。那段时光留在每个过来人心底里的，是久禁复苏的浪漫人性和绝美纯情。我们那时在初初开禁的阳光下，去学着真诚善良地相爱，去激情燃烧地争夺我们渴望的生活……最后，那一切，在成长的某个黎明，被辗为尘泥。如今，在回望的眸中，那曾经存在过的理想和激情，像童话般虚幻而又美丽，像一轮永远无法洇干的泪痕，充满了感伤和怀旧的气息……”

最好的寓言，是每个人都觉得自己看懂了

一个丰满、完整、多次反转、细节考究、意蕴无穷的故事埋下了一层又一层逐级递进的隐喻，像童话，更是寓言。

终于看了传说中的《疯狂动物城》。影院里小朋友大朋友坐满，欢笑声惊叹声不断。直至电影结束，大家依然不舍得离开，依依听完羚羊小姐 *Try Everything* 的片尾歌才一步三回头地往外走。

“好看！十分儿！”很多人赞叹。这真是一部神奇的迪士尼动画片，令孩子快乐，让成人思考。一个丰满、完整、多次反转、细节考究、意蕴无穷的故事埋下了一层又一层逐级递进的隐喻，像童话，更是寓言。我想，最好的寓言，就是每个人都觉得自己看懂了。

第一个层级，关于励志。

地铁站里电影《疯狂动物城》的推广场景

在乡下小镇Bunnyburrow胡萝卜农夫家庭长大的小兔子Judy从小就胸怀要到大都市Zootopia成为第一个兔子警官的雄心壮志，她单纯而执着地不断诉说自己希望把这个世界变得更好的梦想（make the world a better place）。这离经叛道的奇思异想当然没有人看好，警察工作从来是体格更壮、力量更大的大型食肉动物群体的专利。于是在Judy身边，她的父母、邻居、小伙伴儿乃至陌生人，有的苦口婆心，有的肆无忌惮，有的劝说，有的嘲笑，总之都在泼冷水。但小兔子坚信“任何人都可以成为任何人（anyone can be anything）”，于是她刻苦学习勤勉训练，执着坚定向目标挺进，最终夙愿得偿。

如果只是这么“画故事主干”，励志就是第一层级——“kid level（孩童层级）”的隐喻。细想一下你会发现，努力就有回报、世界因你不同、小人物实现大梦想的个人英雄主义情结在80%以上的美国电影（包括但不仅限于动画电影）都不难寻觅，从《狮子王》到《极速蜗牛》，从超人到各种侠，从《阿甘正传》到《幸福来敲门》。

而这看似俗套的隐喻中埋下了第二个层级的隐线，关于融合。

“Zootopia”，中国大陆翻译为“疯狂动物城”，港译“优兽大都会”，台译“动物方城市”。事实上我认为这些都还不是最佳的翻译，“Zootopia”=Zoo+Utopia，前后两个词元音一致、无缝连接，可能最好的翻译应该是“动物乌托邦”。

关于“乌托邦”，最早大概要源于《庄子》中的“无何有之乡”、柏拉图的《理想国》和托马斯·摩尔的《乌托邦》将之具化，描绘了想象中的一片地方：社会上的一切丑恶现象，比如贫穷和苦难，比如不公和不均，都远离这个世外桃源。

在“动物乌托邦”中，动物们经过惊人的进化，不但全部拟人化地直立行走、穿衣戴帽、掌握汽车火车电脑制药之类的科技。更不可思议的是，他们逾越了杀戮和捕食的动物本能，各种天敌能够和谐而其乐融融地生活在一起。这实在了不起！想想看，人类纵然有各种种族，但好歹形体差不多、处于食物链同一位置，但就只是几种不同肤色、十几种不同宗教、几十种不同语言，却已经形成了纷繁复杂的鸿沟：人与人、群体与群体难以沟通、彼此防范、仇恨乃至杀戮。而在动物乌托邦里，为数众多、极具多样性的动物们不但物种大相径庭，连体型大小、生活习性、食物链环节都完全不同，竟然可以和平共处。而这样一个平等、美好、给予每个个体无限机会和可能的城市便是 Judy 产生警察梦想的原因所在：她笃信在这样一个地方，anyone can be anything。

然而，乌托邦的不存在几乎是注定的。这个词在希腊语中的读音在“没有的地方”和“好地方”之间含糊不清：由音节 ou-（意为“不”）和 topos（意为“地方”）组成复合词，同时又与由同音前缀 eu-（意为“好”）组成的词同音。似乎也是在暗示：“没有地方”是真正“完美的地方”。乔治·奥威尔在 20 世纪写的著名反乌托邦小说《一九八四》和《动物庄园》我们都已经再熟悉不过。他用近似残忍的辛辣讽刺狠狠敲碎了乌托邦的美好梦幻，告诉你岁月静好的皮囊下一定有着污秽而残酷的内核。

果然，动物乌托邦表面的平静之下暗流涌动，处处看到我们所处真实世界的影子：大象冰淇淋店里“有权拒绝向其他族群提供服务”的牌子令人联想起肯塔基州拒绝向同性恋人发放结婚证书的公职人员和印第安纳州支持企业以宗教自由为由拒绝向同性恋群体提供服务的《宗教自由恢复法案》；Judy在记者会上尚未清楚事情原委时就说出“我觉得是这样，几千年前，食肉动物们依靠他们攻击的捕食本性而生存下来。不知出于什么原因，他们似乎又回归了这种原始的野蛮状态（What I mean is: thousands of years ago,um, predators survived through their aggressive hunting instincts. For whatever reason, they seem to be reverting back to their primitive, savage ways）。”也让很多人联想起近年来多起黑人被击毙后美国警察举行新闻发布会的真实情景。

“融合”很美好，但从来不会容易。这里进入隐喻的第三个层级，关于偏见。

偏见，在影片里处处可见。小兔子Judy从小生活在“你不可能成为一个警察”的偏见里，同时又被深深种下“狐狸都是危险家伙”的偏见。狐狸Nick童年时曾经梦想成为童子军，却被比他大些的食草小动物们羞辱欺负，从此笃信“如果全世界都认为狐狸狡猾不值得信任，何必改变呢（If the world’s only gonna see a fox as shifty and untrustworthy, there’s no point trying to be anything else）”，开始“自暴自弃”行骗为生。这太像人类社会中对各种群体的种种刻板印象、固有标签了。好莱坞影评人这样写：“这看起来是关于狐狸和兔子的故事。但你不难联想起整天穿着连帽衫的黑人青年或者操着一口蹩脚英文的新移民又或者那些跟你有着不同宗教信仰的怪人们（While this might be about foxes and bunnies, it’s not a leap to recognize that it’s really about young black men wearing hoodies or immigrants who speak in broken English or those who worship in a way different than you do）。”

偏见当然不仅仅在美国社会和文化中存在。想象一下：每个人都受到偏见的伤害，再自觉不自觉对他人加诸偏见，这情景，熟悉吗？小兔子热情满满到警察局报道，却被局长故意忽视，最后被分派了最没有技术难度的“罚单女警（meter maid）”工作，是否会使你想起学生时代某个轻视你的老师、进入职场后某位低估你的领导？小狐狸天真童年打开心扉却被插上一刀，从此给心灵筑起厚墙，再不会因为别人的轻视伤心（比如大象冰淇淋店里店员和其他顾客的不耐烦），是否会让你想起自己曾经对某个闺密或死党不设防，却换来背叛和捅刀？

慢着，别着急像个受害者一样使劲点头，心怀偏见当然不会是一元的单向行为。Judy在记者会上说出那段伤了狐狸Nick心的话，她非常清楚自己没有证据就简单粗暴推定所有的食肉动物都注定是危险的反社会分子并不负责，但作为一名警察，这确实是她面对公众最简单的陈述方式。毕竟绵羊副市长一遍遍反复强调，Zootopia是一座人口的90%由弱小的食草动物组成的城市，他们急切地期待着能够远离危险的安全感。

偏见在这里升级进入第四个层级，恐惧。

这个层级把《疯狂动物城》这部电影跟其他动画电影远远拉开了距离。在之前剧情中一直以善良弱者、Judy的伯乐和保护者的正面形象出现的绵羊副市长居然是个大反派。“你弱你有理”的理论受到挑战。一直以“咱们弱小动物（little animals)”这样的自我标签跟Judy拉近心理距离的绵羊副市长一步步成功激发90%弱小食草动物市民内心深处对于天敌的原教旨恐惧，并利用Judy简单粗暴给天敌贴标签的做法成功地进一步渲染扩大了这种恐惧。当Judy终于恍然大悟，怒斥绵羊：“你的如意算盘不会得逞的！”绵羊幽幽地回答：“恐惧永远有效（Fear always works）。”

利用个案事件把某一少数群体渲染成对全社会安全的威胁和隐患，从而引发巨大的恐惧、反感、愤怒和歧视，趁机攫取

“民心”，登上权力巅峰，巩固势力范围。这一点不新鲜，远的例子是希特勒，近的很容易使人想起特朗普。夏威夷一家报纸的影评专栏就出现了这样的句子：“这部电影的剧本早在2016年选战之前很久就敲定了，所以他们不可能预见到利用筑墙设障来屏蔽整个宗教会成为某个人上位的跳板（The script of this movie was nailed down long before the 2016 election campaign started, so they couldn’t have known that using borders to deny entry of an entire religion might be part of someone’s winning platform）。”

我还想起了一个更新一些的例子——新鲜热辣出炉的《纸牌屋》第四季。最后一集，已经焦头烂额腹背受敌选情告急的木下总统刺激恐怖分子面对全世界直播了用小刀割下一名美国人质的头颅。所有白宫高层幕僚都无法看下去，只有木下夫妇双目炯炯。最后一刻，他盯着镜头，用令人毛骨悚然的镇静语调说：“我们不对恐怖低头，我们自己制造恐怖。”

回过头来想，《疯狂动物城》开头可爱的Judy即将出发前，安慰担心她的爸爸妈妈那句引用罗斯福的话“值得恐惧的只有恐惧本身（The only thing we have to fear is fear itself）”，是多么意蕴深长啊。

有故事的人

PART 5

◆

随着年龄见识经历的增长，

我越来越觉得，

真正能成为朋友，

必须是价值观一致的人。

袁立："不忍"

亲眼见到尘肺病人之后，袁立一下子"不忍"了，"靠近的时候，清楚地听到从他的胸腔里持续发出沉重的呼吸声，沙沙沙沙，像秋天的落叶。"

一

袁立出现在我的视野里。娴熟地停好一辆牛高马大的越野车，蹦下来，老远就露出豪爽又好看的笑容，"中午我请你们吃杭州菜啊，带你们去谁都不知道的好馆子！"

做电视久了，为了省钱，我一直不请化妆师，坚持自己化妆。所以我一眼就看出袁立简单的妆面也"很不专业"。果然，她大大咧咧，"早上跑完步我自己随便画的，还可以吧？"她一边笑，一边热情地抓住我的手，却没有一些女孩子第一次见面那种故作亲密的做作感。

我往她身后望，怕漏掉了助理或者经纪人什么的。采访了一百多个嘉宾，我几乎没见过单枪匹马来赴约的。

“没有经纪人，三年前就没有了，我一个人！”袁立认真地对我说。

二

“人还活着，棺材已经用油纸包好，红色带子系好，直挺挺立在堂屋中央。”这是袁立第一次进入秦巴大山那些村舍中一再被震撼到的情景。“棺材的主人都很年轻，他们家徒四壁、破烂不堪，完全被挤压到了最后的空间，在挣扎着生存。”袁立说，由于非常触动、急于分享，她的手随着讲述不停地在空中比画。

在这之前，袁立并不知道什么叫“尘肺病”，她甚至对于“贫穷”都缺乏了解。从小在杭州长大，家境不算奢豪却也称得上优渥。20 世纪 90 年代，二十出头的她便因主演由海岩小说改编的电视剧而成名，开始在北京过大明星的生活。“我不知道在世界的一个角落里面还有这么一群人如此这般地活着。”袁立感慨着。

2015 年年中，袁立从美国返回杭州。虽然不愿详谈，但她并不否认跨国婚姻出现问题，于是决定回国调整生活状态。在西子湖畔，她住在自己绿荫垂碧的小院，品茗、吸烟、晨跑、享用美食、会见朋友，甚至给自己买了辆自行车。如果没有后来的一个决定，本可以度过一段舒适恬淡的悠闲时光。

但她突然决定“用手中的闲钱做点公益”。这并不是心血来潮，之前袁立曾经捐钱给一个旨在帮助弃婴和孤儿的志愿者基金会，却因为较真善款使用去向而掀起一场争论。这一次，她并不打算“吸取教训”、息事宁人。在网上偶然看到一则几年前“农民工开胸验肺”的新闻报道之后，袁立很触动。她开始搜索该怎么帮助这些农民工，于是第一次知道了王克勤和他的大爱清尘。她在微博上给王克勤发了私信，心想，我就看看你是不是真的，是真的我才给你捐款。

没想到王克勤很快回复：“要不你来亲眼看看尘肺病人是怎么活的？”

袁立觉得好奇新鲜，“随时调遣，听从指令”。

三

出发前，王克勤打预防针，“我们要去穷乡僻壤，会住农家，吃的也会很糟糕。”袁立倔强地拍胸脯说：“你们住哪儿我住哪儿，你们吃什么我就吃什么。”

知道这些之后，我有些好奇。养尊处优惯了的大明星不要说到山里乡间受罪吃苦，很多就连飞机经济舱都早就不愿意坐了。我想起坊间传闻，袁立当红的时候曾经因为一个剧组条件恶劣、没有水用而愤然“罢演”。我笑着问她：“那时受不了，这次怎么能忍下来？”

袁立严肃地说：“你这说法不对，我是因为不公平的待遇而愤然离去。当年内地的演员住在没水的地方，港台的演员就可以住在有水的地方。这个区别是不对的！要尊重每一个工作人员，包括他是一个场工，都必须同等对待。我那时是为了这个拂袖而去。”

于是袁立真的把苦吃下来了。草帽、白 T 恤、牛仔裤、旅游鞋。一路上，素面朝天、不着华服，和所有志愿者一样，行色匆匆，翻山涉水。

秦巴山区地广人稀，农民居住分散，探访工作异常艰苦，志愿者队伍每天工作 15 个小时，熬到夜里两三点十分常见。连轴转之下，领头羊王克勤都感觉有些吃不消，他在微博描述："行程第二天村民倒开水时，不慎将袁立右手烫出拇指大的血泡，她一声不吭，持续工作。第八天时，我很累了，担心她。她说：'我没事！'"

四

本来只是想亲眼看看王克勤和他的小伙伴们是不是"骗子"，好决定是否放心捐款，袁立进山的时候几乎没带什么钱。但亲眼见到尘肺病人之后，袁立一下子"不忍"了，"靠近的时候，清楚地听到从他的胸腔里持续发出沉重的呼吸声，沙沙沙沙，像秋天的落叶。"

她开始不停地去当地银行取钱。很快发完，又取5万——没有预约，这是单日取款的上限。取钱回来，她高兴地说："银行行长真好，给的全是新钱，还有信封。"她不允许自己直接把钱拿出来给人，也不允许记者拍照，"帮助别人，更要维护别人的尊严"。在湖北口三天，袁立个人捐款超过10万元。

没有化妆的袁立

“你知道钱对于尘肺病人有多重要？”她问我，又马上自我回答，“洗个肺要一万块钱！哪有人洗得起？而且只有一期能洗，二期、三期尘肺病人洗也没用了。他们往往都是跪着睡觉的，因为不能平躺着，难受！”

我点点头，说：“印象中，有了钱，大明星一般会先把自己武装到一身名牌。”

袁立笑，“爱马仕我也有，以前有俩。”

“现在没了？”

“卖了！当你没有爱马仕包的时候，你很想拥有爱马仕包。可是背着的时候，它不过就是一个包嘛！”

不但不再用奢侈品，袁立连首饰也不戴了。在秦巴大山的一路上，她把项链、墨镜这些随身饰物都送给了尘肺病患者。最后一天，还把常年跟身的一只铜手镯也摘了下来，留给了陕西镇安的一个专职志愿者姑娘。

“戴上金银首饰的时候，要知道那是金矿工人、钻石切割工人用生命换来戴在你身上的美。不要拿来就觉得，我花的钱我应得的，”她摊开毫无修饰的双手，又指指耳朵和脖子，“所以我现在什么都不戴。”

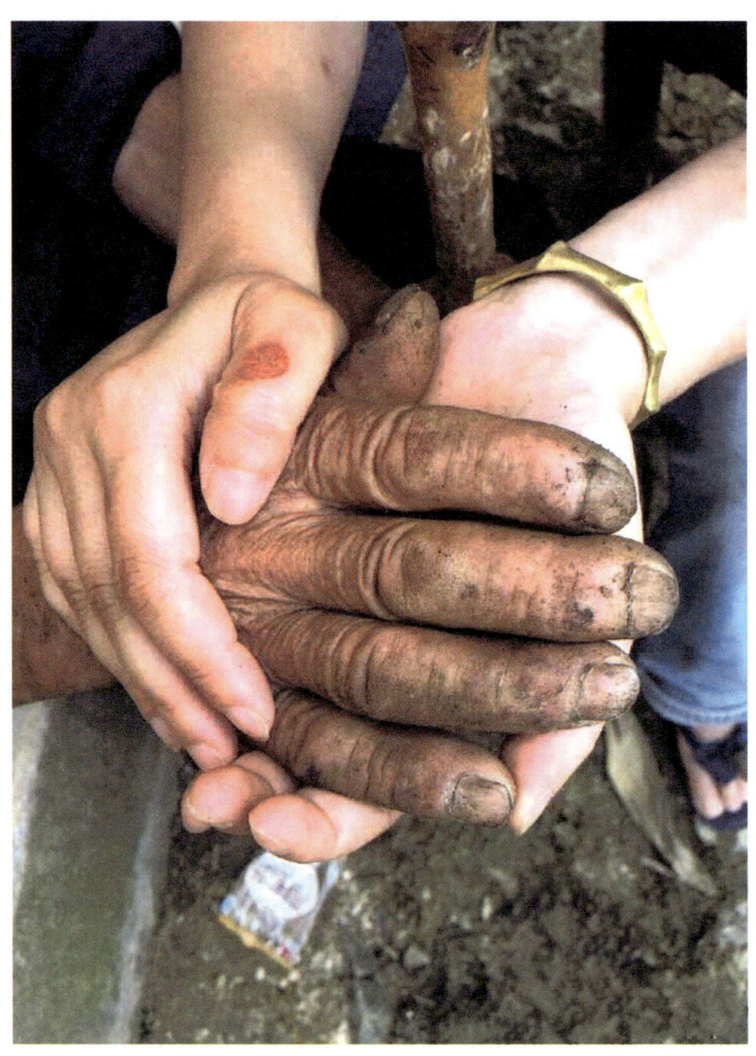

袁立双手摩挲着秦巴山区农民的手

五

从帮助尘肺病人到探访抗战老兵，很多人说袁立“作秀”。

有朋友私下感叹，不看袁立微博的评论都不知道这个世界有多少恶意。指责五花八门：P图、炒作、沽名钓誉，还不乏对她公益资金来源的质疑。

众所周知，明星做公益招来骂声的不在少数，李连杰的壹基金、李亚鹏的嫣然天使基金都曾被质疑，内容涉及内部管理、账目明细和操作方法。事实上，在公民社会中有质疑和监督很正常，解释、澄清、公开、沟通，情况清楚了，质疑就不会升级。

对于明星做公益挨骂这事，老前辈姜昆有个回答很利索：“忍着”。

但是，袁立“不忍”。

她似乎完全没有其他演艺明星的“高情商”，甚至连“做人”也不太会。在娱乐圈，作为演员的袁立和深入大山在尘肺病人身边那个温暖柔和的袁立截然不同，她一直显得不好相处，甚至“浑身长刺”。剧组里，演员们下了戏约着一起去吃饭，来敲袁立的门，她永远都不开。“拍完了16个小时我很累了，还要背明天一整天 10 场戏，我哪有空跟你们吃饭？”

于是如今面对微博上汹涌而来的辱骂，“低情商”的袁立每每愤怒发声、正面回击。朋友们劝“不要理喷子，没必要回复”。袁立偏不，她甚至回应在我看来完全莫须有的罪名——钱从哪儿来。“帮人的每一分钱都是自己的，我自己的生活要求并不高，并不需要私人飞机。”

有娱乐公众号揶揄：“你想被明星微博回复吗，那就骂袁立，只要骂得够狠，就能等到袁立回骂，无论是公益还是私生活。”

社交媒体时代，“大 V”回应往往只会使得污言秽语变本加厉已是常识。袁立便一不做二不休，再晒、再反击，如此如此，循环往复。

提及网络暴力，我刚说“有没有想到你的一个善举会引起这么大的争议……”她的眉头立即皱了起来，杏眼圆睁：“他们的灵魂只值五毛钱！”

我被她的不遮不掩直抒胸臆逗笑，继续说：“负面的评论中，除去恶意的，也有一种声音，就是说做公益可以低调一点、默默地做。为什么要发微博直播？”

“我的宗教告诉我，左手做善事不要让右手知道。但是中国据保守估计有600万尘肺病人啊！靠我们这几个人哪里扛得起他们巨额的医疗费、助学费、呼吸机？”

我不禁想起梁文道说过，在当下中国，阴谋论无比盛行，当其他阴谋都不太合适的时候，人们就会祭出那个大招：“你炒作！”

我问袁立：“对于演艺圈的明星，可能在某种程度上，眼球效应真的很重要。我不知道所谓‘红’、‘炒作’、‘受关注’，对于你来说是一件重要的事吗？”

“我不喜欢引人注目，可能这也就是我不红的一个原因吧，”袁立自嘲地大笑，“我不会不顾一切地说，你经纪公司宣传必须每天给我有多少条新闻，不管好新闻坏新闻，我就是要有新闻。我不是这样的人，其实说实话我不是特别喜欢演员这个行当。”

袁立顿了顿，“其实也跟农民工差不多。”

90年代，袁立刚出道，一次拍戏受伤，胳膊上留下了一条十几厘米长、至今触目惊心的伤疤。她去跟剧组要赔偿，剧组推，说给你买过保险了。她又去找保险公司，保险公司说最多给五千块。然而五千并不够袁立两次手术的费用。于是，这个二十出头的小丫头带着律师去跟剧组打官司。“剧组说，反了你了！”袁立一边回忆一边笑。

“所以我特别同情农民工兄弟，我觉得我们是一样的。”袁立说。

李志：我是一颗荔枝

直到2015年，“小众”了十年的李志走进体育馆了。几千人的场子，台下看不清台上的脸，到处是荧光棒和尖叫声。

零、十年轮回

十一年前，一个辍学待业青年坐了十四个小时的绿皮火车到宁夏贺兰山听一场“中国摇滚光辉道路”的演出，台上有黑豹、唐朝、崔健、汪峰。他突然触动，觉得应该做点什么。回到南京，他借了五千块钱录了张唱片，二十块一张到处叫卖。

五年前，还是坐火车，他到瑞典的歌德堡看莱昂纳多·科恩的演出。看到年过七旬、满头白发的科恩每每单膝跪地投入演唱整整三个小时，他感动不已，大叹：这他妈才叫职业态度。

今年（2015），一向孤独而小众的他也像前辈一样，走进

李志 2015 年看见演唱会通行证

体育馆开唱了。六大城市，平均五千人。

他是李志。这个轮回，整整十年。

一、关于李志我知道得不多

必须承认，民谣我听得很少。

作为一个脾气古怪的80后，我对于民谣的全部印象还定格在中学时一遍遍听的小柯——“我亲爱的兄弟/陪我逛逛冬季的校园/给我讲讲那漂亮的女生/白发的先生/趁现在/没有人/也没有风”。

因为这首歌，我无数次憧憬今后的冬季校园该是这样的吧。结果当然不同，我进了工科专业，女生寥寥可数，先生没有白发，一切按部就班而又圆熟世故。

作为一个庸俗的80后，我妥协了，毕业后考了研，进了另一个校园。在希望与失望、平衡和调整中，我可耻地适应了。

多年后我才知道，有个叫李志的家伙和我不一样。老旧的建筑、博学儒雅的老师、写诗唱歌的大学生，这些是李志脑海中大学该有的模样。而现实中校区是新的，树木是稀疏的，老师是年轻的，“上完课就走，不知道讲什么东西，全是笨蛋”。于是，两年后，原本励志故事中常见的发奋图强知识改变命运的小镇青年，退学了。

多年后的一天晚上，我听到了给这个青年带来巨大声名的《梵高先生》。

“这是什么烂歌。”我嘟囔，吐字堪比周杰伦，不看歌词根本不知道他唱的啥。“当年邓丽君被批靡靡之音是多么冤

我和李志在一起

枉。”我又嘟囔。

就是这样一首怪诞的歌，当那被五块钱一包的红梅烟蹂躏已久的嗓子一遍遍吼出“我们生来就是孤独”时，我还是被击中了。

二、我们本质关系只是商业关系

2015 年 5 月 23 日，深圳，红色暴雨警报。乌云压城，豪雨如注。在深圳体育馆门口，下午三点已经有不少人站在房檐下翘首以盼四个半小时之后的李志演唱会。

我素来对于这样牺牲自我只为一睹偶像风采的脑残粉行为感动无能，有些淡淡的心疼。

想快速穿过时，一个看起来稚嫩诚恳的小伙子叫住了我：“我很喜欢《佳访》！”我定住，上下打量他：“你是李志的粉丝吗？”

“是的，专门从厦门坐四个小时火车过来。到了，还早。”这是他第四次捧场李志的演出了，全国各地，万里追随，只为B哥。

我有些不知所措，就提出邀请他一起吃晚饭，至少不必被雨淋个透。小男生连连拒绝，坚称“谢谢佳佳姐，吃过了，真的吃过了”。

我很想为他做点什么，就让摄像机对准他，说：“你有什么想对李志说的吗？”“没有，就是想祝B哥生活幸福，祝他一切顺利。”他说。

第二天下午，在李志下榻的酒店，采访中我告诉了他这个让我有些触动的故事。

反应有些“冷酷无情”：“你怎么可能对一个完全你不认识的人、你都不知道他长什么样的人说我爱你？我们之间的本质关系，就是一个商业关系。你说的那些感动的事情我知道得太多了，但本质上它就是一个商业行为。我要对得起良心，对得起你们付出的钱，足矣。”

三、角落一定有个人，不屑地说“傻×”

我最近一次看演唱会也要追溯到十年前的上海大舞台，蔡琴姐姐“是谁在敲打我窗”。

这种声压极大、全场沸腾的演出于我简直宛若隔世。

坐在深圳体育馆内场最后一排，我冷静地观察歌迷们的表现。七点半，演出一如既往准点开始。台上黑色T恤、蓝色牛仔裤、斜挎着吉他的李志不说话，《墙上的向日葵》第一句吼出，全场立时点燃，不远处一个女孩几乎每个节拍都蹦出扣篮的探索感，场内五千人齐喊“B哥”的壮阔声浪响彻穹顶。

第二天，我问李志：“你觉得你红了吗？”

李志：“我真没有这个感觉。”

“这有点虚伪。”

“真没有，心如止水。你知道为什么吗？因为我是从观众过来的，我以前看演出的时候，就喜欢蹲在最角落的地方，抽着烟就这样看着不说话。别人再怎么欢呼，我看一眼，‘傻×，什么玩意’。”

我笑。

李志说：“所以我每次上台的时候，脑子里面就会有这个，我知道肯定有人在下面，很冷静地看着，说，‘傻×’。”

四、钱

在很多年里，“还债”是李志人生的主题词。他的前几张专辑都是借钱录的。到了2007年，实在欠债太多，他竟然跑去成都当了两年白领，间或一包烟一把吉他一个人“单刀赴会”弹唱演出。从南京到杭州，从北京到重庆，两三百人的小场地，吸引各种长发青年、抽着烟的姑娘、厮混的大学生、卖打口碟的小贩慢慢聚集，听歌、搭讪、闲扯、吵架。

直到2015年，“小众”了十年的他走进体育馆了。几千人的场子，台下看不清台上的脸，到处是荧光棒和尖叫声。

在外界的眼光中，李志俨然商业运作，俨然流行偶像了。

但李志坚持认为自己依然小众，他说自己并不是什么人见人爱、光鲜亮丽的偶像，从来不吃娱乐圈那套。多年好友兼经纪人迟斌说：“李志不想成为商品，不想成为那些时刻把自己当神，好像从来不大便、不抠脚、不戴墨镜不出门的商品。”

然而，他付出了代价——妥协，向以往自己开炮的一切妥协：提前半年接受审查，不唱内容敏感和有粗口的歌曲；配合曾被他大骂“媒体该去死”的采访；化妆进棚拍摄杂志艺术照……这些跟他以前的原则和价值观大相径庭，他都认了：“现在不要脸是为了以后要脸。”

他的逻辑是，因为追求音乐和演出的高品质，他慢慢察觉到了钱的重要。通过大场馆演出锻炼乐队，挣更多的钱，准备将来办更大的事儿：“都需要钱啊。”

坦白说，李志已经不穷了，他开着三十多万的车，在南京买了房子，简直就一个岁月静好小中产。

但他说他依然穷：“还是欠债，我之前是欠四百万，然后今年又加了五十万。”末了又补充，“比起以前还是好多了，固定资产升值了嘛。所以大不了卖套房，大不了把车子卖了。不像以前，如果别人让你还债你是没办法的。手上是空的，心里没底。”

五、江郎才尽、庸俗而富有的中年人

5 月 23 日的演唱会，上下半场氛围完全不同。上半场多

是新歌，《定西》《不多》《大象》，全场固然热情，但少有人跟唱。而下半场开始，《天空之城》响起，全场合唱，甚至听不到李志的声音；《关于郑州的记忆》奏出，很多人开始眼圈发酸，两句以后姑娘们已经热泪盈眶；到《和你在一起》的时候，有情侣彼此对望着大唱，甚至退场之后还在一路走一路高唱。

这天深夜，一个粉丝在我的微博留言："'史家不幸诗家幸'的咒语也可以用在民谣上。最好的音乐是在最落魄的时候产生的，那些苦闷、愤怒、忧伤、绝望被他铸在歌里时，就拥有了感动人的力量。但他现在'成功'了，无可避免地成为一个庸俗而富有的中年人，他的音乐也许更有技巧，但它们不再感人了。"

我说："能举例吗？"

粉丝说："其实从歌词内容也可以看出端倪，《不多》甚至是在说如何教育子女了，你又怎么期待它能和《关于郑州的记忆》一样给失恋的青年在深夜里以共鸣？"

近几年，李志的生活发生了很多变化。他结婚生子、事业走上正轨，标志性不离手的红梅烟变成了红塔山，原因是

“妻子觉得红梅太呛”。他的新专辑制作也颇具匠心，不再有吉他手转椅子的杂音。

然而，已经有一年多，他没能写出一首歌。十年来，这种情况还是第一次。

我抛出这个问题的时候，李志想了想，反驳：“我完全不认同有钱了就江郎才尽、写不出好东西的观点。”

我问：“那你有钱了吗？”

“没钱，”他顿了一下，“当然，比过去好了很多。”

曾经，李志的团队各地演出都是住连锁经济酒店的。而这次，全程五星级，也是因为一切高标准了，他说，演唱会的收入不会剩下多少：“成本太高了。我们从南京来了十五个人，上海大概有七八个，北京十几个。然后你看我们的设备，都没有从当地找。音响是从北京发过来的，舞美灯光设备是从苏州发过来的，再加上场馆啦审批啦，各类乱七八糟的在里面。贵。”

“嗯，那你江郎才尽了吗？”

“都会有江郎才尽的时候，因为你的那什么就那么多。”李志坏笑了一下，现场的人都明白了他想打的比方：“就是它是有一定的量，你用着用着就没有了。”

“那你呢？还剩多少？”我穷追不舍。

“本身我的才华就很少，我觉得所剩无几了。”

这种坦率打动了我，“你担心自己变成一个庸俗而富有的中年人吗？”

李志很认真，郑重地回答：“不担心。如果我真的成了那个庸俗而富有的中年人，那肯定是因为我自己想成为那样的人。”

六、我要说的话，全是敏感词

我想和李志探讨对这个世界的看法，就像他唱的：“这个世界会好吗？”

李志给我泼了一盆冷水，“我觉得不会好。所以我们这个问题并没法深入扩展，因为我想说的都是敏感词。”

一直以来，李志秉持自己的底线和价值观。他守时、诚恳、崇尚契约精神、维护版权，不混圈子，不签公司。“诚实、勤奋、讲规矩”是很多人对他的评价。

他说这些一点不玄乎，其实就是“常识”。“常识。它并不崇高，把那些事情做好了，至少在你自己看来，你就会觉得你这个人还不是那么糟糕。一个国家也是一样，人都正常了，这才算个正常的国家。”李志坦言。

多年来，李志没有变。我有些担心，环境巨大的同化能力，会不会有一天，使他变成他最讨厌的那种人：“你慢慢地也会有一些棱角被磨平。比如说你以前会很看不惯很多东西，但是你现在全部都要妥协改变，或者低头。会不会慢慢地你的愤怒也消失了？”

李志连连摆手，像是安慰我，也像是安慰自己：“不会，不会。那些妥协就是一个手段，如果你想做这件事情有时就必须要做那些事情，那就去做，除非你不想做。这个不是我的抗争能够有结果的。但是我所谓的妥协是为了以后能够更好地去‘抗争’，不一定是针锋相对，有的时候也可以‘曲线救国’。”

七、我是一颗荔枝

接受采访那天的凌晨，演出结束后的李志吃完消夜，回到房间，发微信跟兄弟们聊，折腾到凌晨五点才睡觉。下午四点走近房间接受采访的时候，他穿着大短裤，趿拉着酒店的拖鞋，听到摄像说这样不行，他二话不说“我马上去换”。那态度平易近人，简直可以说是温柔。

我问他现在算不算是好丈夫好爸爸，他脸上扬起一层暖意，“当然是，真的是！”

我说他比我想象得温柔，“能不能这么说，你看似长满刺的、愤怒的外壳里其实是挺柔软的、挺温柔的内心？”

他嘿嘿笑笑：“其实我一直觉得我就是一颗荔枝。外面看起来很难看，坑坑洼洼的，但里面还挺甜的。但是最里面，就有一个很硬的——内核。”

风和日丽，饮酒落花

"我觉得环境是环境，个人是个人。恶在那儿，但是你不要成为恶的一部分。"

一、爱情

领导审片时说："会有人看爱情书么？我对别人的爱情一点兴趣也没有。"

"当然会，很多人看。"我说。

《藏地白皮书》在 2013 年获得新周刊年度爱情图书。这一年，距离傅真第一次见到铭基，已经过去了整整 10 年。

新周刊的颁奖词里这样写：

他们相识于 2003 年"非典"时期的拉萨，并迅速展开"一场犹如以排山倒海之势略过无边草原的龙卷风一般迅猛的恋

2014 年 7 月，在青岛采访傅真

情”。很多人都揣着一本《藏地牛皮书》去西藏，很多人也在那里邂逅了有感觉的人，但只有香港人铭基和江西人傅真做到了克服两地分居问题，在英国终成眷属。

这段颁奖词前半段用力过猛，后半段太落俗套。

我面前的傅真和铭基这般描述他们的相遇：

傅真：第一次见应该是他们一群男生喝醉了吧。我刚到那个青年旅社。他们刚喝完酒吃完饭，就是酒足饭饱出来然后就开始唱歌，唱那个《朋友》。特别有那种旅途上的感觉吧。

铭基：那时候刚好我们就是想找人搭车一起去纳木错嘛，

就跑上去搭讪了，算是搭讪吧。也就是问她，有没有兴趣去纳木错。

后来的故事很多人都知道了。铭基从香港到深圳再到昆明最后到大理看傅真；傅真去深圳找铭基；铭基又到北京，傅真又去香港。最后的最后，铭基奇迹般争取到了一个去英国工作的机会，彼时傅真要到英国留学。依然异地，但至少同个时区。

铭基同学先是坐车，后来租车，再后来买了辆二手车。每周五下了班开四个小时车去看傅真。

对于这得来不易的相聚，傅真想起储安平的诗："两片落叶，终于飘在一起。"

2004 年 5 月，他们结婚了，没有家长参加，没有红毯鲜花，没有钻戒婚纱。他们却洋洋得意，十分满足。

二、价值观

"价值观"到底是什么，能吃吗？老婆孩子热炕头的人们一定觉得我矫情。

看我微博的人都知道，这是我很在意的一个东西。

我曾在微博置顶很久：

随着年龄见识经历的增长，我越来越觉得，真正能成为朋友，必须是价值观一致的人。包括政治见解、社会观、名利观、正直度、基本底线，如若价值观不同，纵使一同吃喝玩乐也是应酬消磨，转身即如释重负，因为彼此的灵魂都厌透了。正如刘瑜所说，有些人注定是你生命中的癌症，而有些人不过是个喷嚏而已。

傅真曾经说铭基有着独立和完整的精神世界，“里面饮酒落花，风和日丽；牛羊无事，百姓下棋”。

采访的末尾，我请傅真和铭基分别告诉我他们对于对方的评价。

傅真说，我觉得他是挺爷们儿的。但是纯爷们儿也有很感性和细腻的一面。然后他应该是比我浪漫的一个人吧其实。

是的，时至今日，铭基还会在每年傅真生日之际想出各种

2014 年 7 月，在青岛采访毛铭基

惊喜：枕头上变出礼物、桌上变出蛋糕、被子里藏着花……我必须按捺自己的羡慕，好吧，这样的男人太少了。

铭基说，我觉得她是非常独立、非常有个性的。还有我觉得蛮欣赏她写作方面的天赋的。

我想起傅真说，你得保持最基本的对生活的热情，就是你本身是一个生活很有劲头的人。这样可以感染到对方。你得有让对方能够尊敬你佩服你的地方。这样的话两个人就可以带领对方一起成长，见识更多更好的东西。

三、侠气

说起来很奇怪，我第一次知道傅真并非因为《藏地白皮书》。

那是六七年前，我一直在关注朱令的命运，着了魔一样希望自己为找出真相做点什么。百度朱令吧有很多牛人写的文章，散文、推理、小说皆有。一篇《祝你生日快乐》最令我动容：

朱令，我希望你的心能永远活在快乐的大学时光中，你的记忆永远停留在韶华盛极的二十一岁。

其他的所有事情，让我们替你做。

你失去的，我们会为你一一讨回。

她若撒野，今生我把酒奉陪。

看完这段文字我不可抑制地痛哭一场，那种无力感和坚毅感，那种悲怆感和使命感，全部击中我。看了作者，名叫傅真，美丽的名字，美丽的人。

于是，我知道了傅真，继而知道了铭基，知道了《藏地白皮书》，知道了他们把这本书的全部所得捐给了朱令一家。

说谢谢太苍白，那一刻我的感觉是，原来这世上还有个女孩，和我的灵魂把酒言欢。

四、选择

2011年，傅真和铭基辞职，抛掉金光闪闪投行饭碗决定开始 gap year（间隔年）旅行。我不意外。

投行的高薪厚职在如今这个唯有功名利禄算得“成功”的年代是多好的资本。我无数次见到那些50后的父母们，自己被时代剥夺得一无所有，却因为孩子在“投行”工作而幸福满面：“我儿子在大摩啊小摩啊高盛啊花旗啊！你不知道是什么啊？其实我也不知道啊！但是是美国公司啊！钱好多啊！好多好多啊！”

傅真偏偏不，她知道自己不开心，她决定离开。

在博客上，她生动记述了想象很多次的情景：

“我要把辞职信摔到她脸上去！”

“我要跟她说老子不干了！”

“我要告诉她这个 team 的办公室政治已经让所有人都无法忍受了，别再以为自己的管理能力有多高明了！”

“我要让她明白我们的工资按小时算下来能比麦当劳员工好到哪里去，别动不动就摆出一副恩赐的嘴脸！……”

当然，这些都没有发生，傅真和我们每个人一样，只是在脑子里过过瘾而已。

而更让我感动的，是我问铭基，“傅真跟你说她想辞职去周游世界，你怎么回答的？”

“好啊，走吧。”

五、忠于内心

2013 年，铭基和傅真结束了 400 多天的跨洲旅行，定居青岛。

我去了他们的新家，偌大的落地窗占了两面墙，面朝大海，春暖花开。

我问铭基："现在的生活状态是怎样的？"

他笑着说："下班，做饭，吃饭。"

我又问："下班要先去买菜吗？"

"不用，买好，傅真会洗好切好，我回来炒。"

"所以你是大厨，她是二厨。"我们仨都笑了。

"你擅长什么菜？"

"她喜欢吃什么，我就擅长什么。"

采访的末尾，我问傅真，去了那么多国家，见到那么多人，体验了那么多文化，对于我们目前身处这种环境，有什么启发吗？

"最大的启发是，我觉得在中国感觉会比以前更焦躁、焦虑。而我看过其他许多地方的人们其实是比较平和的。

"那个焦虑表现在，比如说随时随地地要看手机。如果你进一个咖啡店，女孩儿可能很多都在自拍发朋友圈，男孩儿很多都在讨论创业怎么赚钱，我身边可能就有六七个人在创业。

在青岛，我终于见到了傅真和铭基

“我不是说创业不好。你有理想你有你的爱好这是好的，但是我也觉得有很多是跟风。就比如说现在你要做一个社交APP，大家说我也要做一个。就是你很怕被抛到一个时代或同辈外面去的感觉。”

那一刻我简直想哭，他们在英国工作生活了八年，全球旅行将近两年。十年后回归，对于这里居然如此敏锐。我是记者，不能不顾摄像机拍大腿："你说得太对了！"

必须冷静，于是，我又问深了一层："周游世界回归，你对于当下中国，这个国家，这个社会，有何种反思？应该如何改良？"

"我觉得人们可能不用那么多地去追求我要做成什么事。比如我三十岁之前要买房，四十岁之前要赚多少多少钱。可能更多的是追求自我的完善，我要做一个什么样的人。通过阅读、旅行、思考来确立你自己的人生态度和价值观，建立你自己内心的准则。而不是根据外部环境来改变你的自我，不要随波逐流。

"我觉得环境是环境，个人是个人。恶在那儿，但是你不要成为恶的一部分。"

如果自信的话，他们不会这样说

“只有在国外混不下去的老外才来中国？”“如果他们自信一点的话，我觉得他们不会这样说。”

一

2014 年年末，德国青年 Rehage 在中国第三次“火”了。

第一次要回溯到 2008 年，这个为了一位四川姑娘脑袋一热打算从北京走回老家德国的家伙一口气走了四千六百多公里。到了乌鲁木齐，心爱的妞发来一个 E-mail“我们还是分开吧”。

他大哭一场，停下来，回了北京。

在此之前的 2005 年到 2008 年，Rehage 在中国生活了三年，走遍大江南北，了解风土人情，结交中国朋友。这之后，他回到了德国。再之后，每年会回中国三五次，集中处理各种采访或者合作邀请。

Rehage 的第二次“火”是微博开始在中国的舆论话语场发挥惊人作用的 2011 年，这个精通中文的小老外开始频繁发表对于公共事件的评论。经过严密逻辑训练的他希望认真讲道理，很快发现徒劳。因为一些素质低下的网友不跟你讲道理，上来就各种器官。

于是，不走寻常路的 Rehage 突然想到了一个好点子——以其人之道还治其人之身。他给自己起了个新名字“德国自干五”，开始录制短视频。这一次，也是第三次，他又火了。

二

尽管已经看了 Rehage 不少视频，见到真人我还是吃了一惊。一米九二的大个儿，一张娃娃脸看起来很呆萌。欧洲人特有的热情笑容挂在脸上，老远就做出招财猫的手势打招呼。

“Guten Tag！”（你好）我说。2008 年去德国、瑞士采访后，我曾信誓旦旦要把德语学好，但七年过去脑子里只剩下这句和

“Danke”（谢谢）了。哦，还有男女厕所。

Rehage 一只手斜挎着双肩包，狡黠地笑，“你不要留情面，采访千万不要变成咱俩顺着说了。要有冲突，越尖锐越好。”

我不禁吃惊，之前不少人接受采访也没几个会先这样表态“向我开炮”的。

“我把我的提问思路跟你说说吧。”

“不用，”Rehage 笑，“直接来。”

三

在他的一系列视频里，Rehage 对于中文的幽默运用让很多国人都自叹不如。有粉丝曾留言感叹：“看 Rehage 视频之前我知道自己外语差；看完 Rehage 视频之后，才知道自己汉语也不行。”

我问Rehage怎么会想到用这么个剑走偏锋的方式做时评。Rehage 坏笑：“是一种门槛。我发完之后，一部分人看懂了，觉得‘哇这是很幽默的讽刺’。另一部分人这个门槛他们进不去，因为他们的智商过不了。他们在门槛外面，他们觉得‘哇他终于接受了我们的观点’。”

我也坏笑，“所以再没有人骂你了？”

“是啊，我觉得这样很舒服，不知道骂啥了，爽！”

四

在几年前Rehage还严肃认真希望好好跟人讲道理的时候，很喜欢说“逻辑”。

他会耐心地解释推理的逻辑有两种：演绎和归纳。著名的苏格拉底三段论是演绎推理：一、所有人都会死。二、苏格拉底是人。这才得出结论：三、所以苏格拉底会死。

然而，演绎逻辑要求有真理（比如“所有人都会死”）做前提，但世间真理很少，所以大多数情况下人们会用归纳推理。看到一，看到二，或许也看到了三，便得出结论全部都如此。

“这里面漏洞很大。”Rehage 说。

几年前，小贩夏俊峰的儿子夏健强出画册，于是很多人阴谋论：十岁的小孩子怎么可能画得这么好！一定是书商找了人代笔。

看出这里面的逻辑问题了吗？你的身边没有小孩子能画这么好，所以夏健强就一定不可能画这么好。

曾经的 Rehage 试图一本正经告诉大家，这逻辑经不起推敲，不能这样下结论。但是铺天盖地的污言秽语淹过来，没人听你讲道理。于是，Rehage 反过来了，他开始尝试按照这些人的“逻辑”思考，突然发现海阔天空、周身舒爽。

五

“国民性”是近几年公共舆论场超级火的词儿。2011 年底，韩三篇“就大多数中国人一副别人死绝不吭声，只有吃亏到自己头上才会嗷嗷叫的习性，一辈子都团结不起来”引发了中国人的素质到底“配不配”民主的大讨论，激烈程度堪比整整一百年前的民国知识分子们对于国民劣根性的各种剖析和鞭挞。

读张宏杰《中国国民性演变历程》，从梁启超到陈独秀，从鲁迅到胡适，无不痛心疾首于国民性问题。然而，最早把“国民性”这个词创造出来的，却是晚清以来闯入中国、与沉睡千年的中国人迎面相撞的西方人。当时的老外们罗列了不少感性的词汇，比如“麻木、迟钝、欺瞒、精明、迷信、不精确……”来表达他们对于中国的第一印象。

梁启超的总结相对要系统得多。他认为，晚清、民国时期中国人的第一个缺点是“奴隶性”，甘于忍受暴君异族的统治，不敢起来反抗；第二个缺点是一盘散沙，不团结，只重私德，不重公德；第三个缺点是“民智低下”，依赖成性，遇事退缩，缺乏尚武精神和进取气质。

在当时中国，中国人是不是素质太低、国民性太差、“不配”民主法治的问题上，胡适和梁启超的观点异曲同工。

梁启超认为中国要变成宪政国家，中国人就要从过去的“老百姓”变成“现代公民”，培养起国家意识、公德意识和尚武精神。

胡适则认为，制度具有制造良好公民的效力，本身就是启蒙和教育的过程。这种启蒙和教育，比单纯的宣传更加有效。就好比跳进水里学习，比坐在岸上读游泳手册有用；坐上汽车操作也比背下整本《汽车结构与原理》有效得多。“最先进的国家也不是生来就有良好公民的，是制度慢慢训练出来的。”

六

跟 Rehage 聊“国民性”是一件有趣的事儿。长久以来，中文说得倍儿溜的老外多来自北美，英法也有见。德国还真不多。

犹如一百年前封闭已久的中国国门刚刚打开，那些最早进入这片神秘土地的西方人开始有了最初印象和基本判断一样，接触中国十年的 Rehage 也感受很深。

我说：“德国人和中国人，可能是两个性格差异最大的群体。德国人素来以严谨、认真、一丝不苟著称。不是说‘每个德国人都是工程师’嘛。而中国人被认为是最圆融的一个群体。深受这两种文化冲击，你有困惑吗？”

“这些话都是借口！”Rehage 脱口而出，“制度、教育、生活习惯可以改变一个人，没有谁的 DNA 就是马马虎虎的。”

他顿了顿，“你知道吗？我刚到中国的时候很快就随地吐痰。很爽，从很深的地方（吐痰），觉得很舒服。结果有一个中国朋友问我为什么这样，我说爽。她说你在自己国家会这样吗？我想了想说不会。”

我点了点头。

Rehage 带着自嘲的笑容：“在那个时候我发现，其实我是个傻 ×。”

七

在 Rehage 徒步中国的一年历程之中，曾深深感受中国经济发展区域差异的现实问题，也是由此，他开始炮轰一些人有“大城市优越感”。

“他们到你那儿，不是因为你那太棒了，而是因为他们那太差了。不然的话，人都会喜欢自己的家。”

听到这里，我的脑海中突然蹦出一个常被官方提及的语汇——发展的代价。

“北京人他们不是一直喜欢闹自己的空气怎么样嘛，我觉得其实你可以闭嘴了。你根本没有去过那些真正的被污染的地方，我去过。那地方是黑的，整个地方。那些人不是白领，他们是下煤矿的。为了什么？为了他的孩子。他愿意付出一切，只要孩子在北京，在一个大学里面。只要孩子有前途。”

Rehage 的话使我想起，2008 年，我去德国，沿着莱茵河从南往北，杜塞尔多夫、斯图加特、科隆、美因茨。我曾试图了解这个分裂将近半个世纪又重新走向统一的欧洲强国是否也曾经历民族的撕裂、立场的对立、文化的斗争。今天的中国又是否能吸取一些什么。

在 Rehage 的时评集《中国，特色》里曾写文章提及童年时对德国污染的记忆：“记得自己小时候也会到处乱扔垃圾，路上的车很少装催化转换器。那时候德国人挚爱的父亲河莱茵河被污染得很严重，以至于老百姓会拿它开各种玩笑‘鱼在莱茵河里做什么？学化学’。”

在我亲身采访莱茵河治理的奇迹的过程中，记得一个事件曾被采访对象们反复提及，1986 年，莱茵河上游瑞士境内的桑托斯化工厂发生严重泄露事故。一夜之间，莱茵河河面被毒死的鲑鱼满满覆盖，场景颇为骇人。

“你知道后来发生了什么？很多环保组织出现，比如专攻环保的‘绿党’。人们行动起来，每个人都想要做点什么，尤其是政府，但也包括你我。”Rehage 说。

是的，诺贝尔和平奖获得者、联邦德国总理维利·勃兰特曾说：“我提醒大家，不要相信市场自身就能够调节控制自然环境——这恰恰是公共责任。”

八

骂 Rehage 的人说得最多的就是：“我们中国的事关你 × 事！要你个老外指手画脚废话！”

提到这个，Rehage 大笑，“我理解他们这么说，但我看到的是一种自卑。”

“如果我看到你脸上有饭粒，我们是工作关系，我不会告诉你，我还会说你好漂亮，因为我想跟你合作，因为我想赚你的钱。只有我当你是朋友，才会跟你说，你脸上有饭粒，你要擦掉。”

“如果他们自信一点的话，我觉得他们不会这样说。”Rehage说。

九

采访结束，Rehage夸我：“你问的问题不错。”他顿了一下，又说，“但还不够尖锐。”

我笑：“比如呢？”

Rehage说：“一些不怀好意的网友经常攻击我两点。一个是性，我特别开放。”

我大笑：“如果你愿意告诉我你的性取向和你的罗曼史我会听，但这是你的事儿。只要不伤害别人，你喜欢男人还是女人、你和谁上床，我不关心。”

Rehage也大笑：“酷！还有一点。他们说我在德国肯定是个loser，只有在德国混不下去了的才会来中国。”

“只有在国外混不下去的老外才来中国？”我笑了一下，严肃起来，

“如果他们自信一点的话，我觉得他们不会这样说。”

有故事的我

PART 6

◆

自由，

就是思想或是生活观念能在无边的时空中恣意游走；

而无用，

则是对身边现实功利的有意疏离。

百年复旦的碎屑

“自由而无用的灵魂”究竟是什么意思？居然能成为一所大学的价值？

“所谓自由，就是思想或是生活观念能在无边的时空中恣意游走；而无用，则是对身边现实功利的有意疏离。”

一、“没有人是全才，术业有专攻嘛”

2005年的复旦园是与众不同的，是铭心刻骨的。百岁复旦前所未有地散发着独有的、自由而无用的气息。

那一年，校园里弥漫着“做点什么吧，说点什么吧，表达点什么吧，改变点什么吧”的味道。于是，这一年的我们，迫切希望“做点什么，说点什么，表达点什么，改变点什么”。

“做一场形象大使比赛吧。”我决定。

“选美？”研究生会的兄弟姐妹们惊诧。

“不，选智慧。”

说干就干，我们于是启动了复旦历史上第一次既选女也选男、既选本部也选枫林（医学院）、既要才艺更要学识的形象大使比赛。

“复旦研究生居然选美！”跑教育线的记者中不少是新闻学院校友，敏锐触觉立马把这件事蒸发成了新闻事件，几个报社打来掏料。“没有比基尼，不要求身高三围，但要有急才，有口才，有底线，有气场。”我统一作答。

在各种 idea 之中，我坚持了一个最吃力不讨好的方案，带着部门的工作人员一起狂查资料，硬是编写了一个题库，把所有科目基本的通识制成选择题，在比赛的时候考选手。那晚忙到凌晨 3 点，我把题目放到 FTP，发了短信通知负责做 PPT 的部门成员后终于睡去。

一大早，N 个未接来电，2N 条短信。“你放在 FTP 上的题目忘了加密！”“快加上密码吧！我没有看。”我猛地敲了一下自己脑袋，自责超过沮丧，郁闷再洗刷自责，“完蛋，又得半个通宵”。

2005 年 9 月 24 日，复旦大学百年校庆酒会

做 PPT 的小男生走过来，脸色是五味杂陈的笑：“你能相信吗？我看了看 FTP 下载记录。10 个决赛选手，没有一个下载题库文件。都第一时间通知了我们。”

“不想赢吗？”我问。

“君子爱名，取之有道。”后来成为这场比赛冠军的医学院美女笑着跟我说。

比赛的当晚，逸夫科技楼报告厅人满为患。不选相辉堂而在逸夫科技楼报告厅做文艺活动，大概也就注定了十年后的我喜欢做新闻而毫无做娱乐的细胞。里三层外三层的人一直排到四教，没有票的观众引颈以待入场的机会。一多半是冲着男神蒋昌建老师来的。

狮城舌战十二载，便红了整整十二年的不老男神、永恒童话和我一起主持。彼时的我见的世面还少，男神更少，容易羞涩，常常紧张，很不善掩饰。去老文科楼邀请那天，我在蛛网密布的楼道小心穿行，仿佛一不小心就会碰掉各种不稳定堆积状态的物件。走廊尽头的办公室，蒋老师从书山后面闪出睿智的眼神，光芒闪闪："很久不出山啦。""诸葛老师说您欠他一次主持哦。"我做鬼脸。传奇的诸葛老师 30 岁便成为复旦最年轻的某部副部长，百年校庆之后华丽转身投身互联网，成为陈天桥的左膀右臂。

蒋老师爽朗大笑："好吧，下不为例。"我一蹦老高，见到男神扑通扑通的心脏终于可以和躯体一同运动，立马撞翻了狭小办公室的一座书山。

彼时的我年轻气盛，锐利有余而温和不足，主持学校大大小小的活动常以"毒舌""尖锐""犀利""敢问"为荣。那年 3 月，我成为复旦历史上第一个女生研究生会主席，走路风风火火作风说一不二，比女汉子还男汉子。那个学期上着新闻业务的课程，听了几句“不是战地记者，也要有战地记者的勇往无前”便血脉贲张，真心以为唯有犀利尖锐、和人过招逼问出个高下才算得上优秀。

晚会当晚，我十分看好的法学院女生答第一道法学知识题便出了错，我脱口而出：“这是民法通则的内容啊，看来 ×× 得回去再看看基础专业书。”本就紧张懊丧的女孩脸涨得通红，眼泪已经在眼眶打转。身旁的蒋老师开了腔：“确实不该错。但是法学博大精深，包罗万象。没有人是全才，术业有专攻嘛。”

活动结束，大家欢呼胜利，各种庆功。一个师妹跑来跟我说：“我一直非常喜欢看你主持，觉得痛快。但今天突然觉得，‘体贴’或许比尖锐更难。”

这句话，我记了十年。

二、“女人当然是可爱的、美丽的，但是女人太感情用事”

9 月，大庆将临。学校的文化学术氛围陡然浓厚起来，各种大咖的讲座、沙龙应接不暇。已整整 56 年未曾踏上大陆土地的李敖在这个 9 月展开“神州文化之旅”，半个世纪后首次还乡，一共三站地：清华、北大、复旦。

当年的李敖还不像现在微博上的“哈喽李敖”这般逻辑令人费解，他的回乡颇令三所高校的学子兴奋了一把。

想想，一个 20 世纪 30 年代在哈尔滨出生，两岁便迁到北平，见证 1937—1949 年这座城市最传奇的十二年。之后十四岁的少年乘船阔别大陆，漂向台岛。谁能想到，再次踏足故土会是整整 56 年之后?

穿越回现在，2015 年的 3 月，就在几天前，李健毕业 20 年后重回清华园。说到为什么喜欢清华时，他说，清华海纳百川，任何事情都很难引起波澜，很快平静。

印象中，2005 年的复旦是截然相反的。大家都很热情、澎湃。是的，澎湃。我于是陡然理解了为什么邱兵学长的发刊词要写“我心澎湃如昨”这看似矫情的句子。“1990 年是那种莫名其妙的年份，有时它是 80 年代的终结，有时它又作为 90 年代的开始。”2005 年也是，它是复旦前 100 年的终结，又是新 100 年的开始。

据说李敖自己把他的北大、清华、复旦之旅依次分别做了定位：在北大“金刚怒目”、在清华“菩萨低眉”、在复旦“尼姑思凡”。听起来也是复旦最值得期待吧？你让大家如何不澎湃。

复旦的这一场，既然是“尼姑思凡”，自然是说香艳说文化，断没有那么给力的内容，却倒也贴合复旦人小资的情怀。

演讲前一天，正碰到团委老师，他心事重重：“演讲之后会有 Q&A 环节，都是大家自由提问。我担心提问水准不高会被清华、北大比下去。你提问不？温柔一刀肯定给力，要积极举手啊！”

作为一个自认为骨子里流着记者血液的人，我笑：“放心，怎么会有我不举手的记者会呢。”

要尖锐，要质疑。我一直认为提问应该是“用对方觉得最舒服的态度问出对方觉得最不舒服的问题”，那才叫棋逢对手将遇良才，那才能真正赢得对话者的尊重。

9月26日到了，李敖的演讲果然“尼姑思凡”——《中国人文的机会》。没有政治，不说抗争，倒也幽默精彩趣味盎然。

提问开始，我第一个举手。

“李敖先生，我觉得您一贯的言论可以用两种色彩来概括：灰色和粉色。灰色是批判，粉色是女人。您有一位朋友说，您一生最喜欢的是女人，最瞧不起的也是女人。请问在您的字典里，女性除了是喜欢和追求的符号以外，是否也是您真诚钦佩和欣赏的对象？有位政治学者说，如果世界交由女性来统治将会更加和平。您认为是男性主导的世界更容易招致战争还是女性主导的世界更容易丧失和平？”

后来发生的事大家都知道了，全场掌声之中，本已坐下的李敖坚持站起来回到演讲台回答提问，开口便大笑：“我很怕你问我这样的问题，因为有关西门庆的问题我都怕。女人当然可爱，但是女人太感情用事，感情用事会误事。美国总统威尔逊，那么优秀，几乎落选，就是因为他老婆死了，再婚中间时间太短。以当时美国女人的保守，认为这孙子是薄情的，不投票给他。”

“请问，这种选民能够去搞民主政治吗？”

三、“知其辱而保其尊，守其弱而砺其志”

2005 年末，我卸任研会主席和研版版大，开始早出晚归在电视台实习。看到社会中陌生疏离的一面，感受自己在各个方面全方位的不足，每天晚上拖着疲惫的身躯坐 123 路公交车回到南区再踩着自行车穿过文图，过邯郸路，骑过燕园，穿过本部，回到北区，便成为我一天中最自由闲适、舒缓压力的时光。

就是在这一年年末，我第一次听说朱令。

三观尚算简单的我，每晚回寝室便泡在网上，一连几个夜晚不眠不休趴在天涯和百度贴吧，无法相信十年前那个美好孤傲才华横溢的女孩就这样人生全毁。曾经的自己笃信“努力便会有回报”这般可笑的鸡汤，这是第一次真切感受深深的无力感：我能为她做点什么吗?

我什么也无法为她做。

那种三观崩塌的碎裂如今回忆还清晰如昨。直到一位师姐对我说："恐怕比朱令惨得多的人还有很多。朱令被你我知道，已经很幸运。"我不可抑制大哭一场，承认自己渺若蝼蚁，螳臂当车。

那晚，我对自己说，或许从今以后我亦会市侩，亦会随波逐流，唯愿自己永远不要厚黑，永远保有当日的正义感。

多年后读《燃灯者》，被一段话感触得心灵阵痛："古来'士可杀而不可辱'，而国朝治士，前是先辱后杀，后是辱而不杀，再后，直教读书人自取其辱，乃至不觉其辱，甚而以辱为荣，反辱同侪，竞相作辱人者的同道。清流尽扫，士林心死，其哀何之？先生知其辱而保其尊，守其弱而砺其志。信大道如砥，虽身不能至而心向往之。"

多年后渐渐明白，遭遇不公乃人生际遇，参差多态是幸福本源。常常想起十年前我实习时带我的实习老师跟我说的一段话："找到值得自己追求和坚守的东西，像信仰一般坚信。那么别人看得很重要的东西，比如金钱比如权力，对你就很淡了。记得，什么都可以勉强，除了自己的内心。"

尾声

2005 年将逝，行色匆匆的时候我会不由自主地想起我主持了三年的北区硬菜——毕业晚会上，我很欣赏的 idee 师姐说起的她的毕业愿望：“我希望能再静静地在复旦校园里走一走、看一看，捡拾我所有的回忆。祝福每一个人能在复旦找到使你快乐的生活方式。”

偷浮生十日，泛不系之舟

导游姑娘赴日八年，坦言如今回东北老家已经格格不入："我有时候跟家里人说，说话别那么大声，别吐痰，垃圾揣兜里。我妈上来就骂：你装！你再装！滚回日本别（四声）回来了！"

一、平行世界

从《尼罗河上的惨案》到《泰坦尼克号》，从《少年派的奇幻漂流》到《太平轮》，一直以来，我对于轮船充满好奇。痴迷于一群来自世界各个角落的人在有限的时间内汇聚于海上一方封闭空间。面对似乎永无尽头、海天一色的视野，人类是如此渺小和无力，生命与自然粗暴地相撞，只能敬畏，唯有敬畏。只是想想，已经令石屎森林中压力

爆炸的我激动不已。

法国作家夏多布里昂曾这样描述旅行：“每一个人身上都拖带着一个世界——由他所见过爱过的一切所组成的世界，即使他看起来是在另外一个不同的世界里旅行生活，他仍然不停地回到他身上所拖带的那个世界去。”我的好友、辞去伦敦投行金领工作给了自己一个拉美 gap year 的傅真这样理解这段话：“一个人会逐渐同他的遭遇混为一体，我便是这样在两个世界里来回穿梭——旅行时我无法摆脱使我成为今日之‘我’的那个世界，归来之后却又背负起了由旅途中所见过、爱过、

蒋方舟

痛过的一切所构成的世界。”

蒋方舟有一次去香港，因为户籍的关系，不能办个人自由行，于是她和一些陌生人临时在机场组了个旅行团。团里有带着情人的大款、去看孩子的母亲、扫货的淘宝店主。她环顾四周，觉得非常有意思，形形色色的陌生人在生命的几个小时里被迫相处，参与彼此的生活，打量彼此的生活。到了香港之后，迅速分道扬镳，消失在街道上，再不相见。这灵感促使她写了小说《故事的结局早已写在开头》，九个故事彼此独立又环环勾连。前一个故事的路人甲成为下一个故事的主人公。

没有什么比游轮上的乱世浮生或盛世浮生更符合这种诡异而奇妙的境遇了。脸上写满故事、各种排列组合的人们怀揣着兴奋与好奇、热切与期许登上大船，他们原本毫无关系的平行世界诡异地交汇。身份千差万别、人性迥然相异的每个人突然有了一个共同的目标：彼岸。返航时，并存的多维世界悄然发生了奇妙的、或多或少、或悲或喜的变化。

在海上漂了十天，我默默观察碧蓝的海浪、雪白的泡沫、贪嘴的海鸥、船上的饕餮美食与灯红酒绿，投入地体验一个个彼岸，当然，还有随着海浪和我一样起伏，伴着海风和我一样散发的人们。

二、茫茫无际与歌舞升平

我于上海登船。排水量七万五千吨、拥有十四层甲板的歌诗达号像一座海上小城。每一扇门后都有悲喜。

不久前读到一条新闻，说的是在天寒地冻的美国阿拉斯加，有一个叫作 Whittier 的小镇。所谓小镇，其实就是一座楼——冷战时期美军修建的一座军营，荒废后保留下来慢慢发展成了一座小镇。大楼麻雀虽小五脏俱全，什么都有：市政府、邮局、超市、学校、诊所、警察局、餐馆……如果你愿意，你可以一辈子不出这座楼。看到这条新闻的时候，作为一个深度宅女我简直热泪盈眶。宅着，想几点睡几点睡，要吃饭叫外卖，读读书看看碟上上网打打电话。一辈子足不出户，你的邻居也是你的同学你的领导你的公仆，这是多么理想到科幻的生活状态啊……

“歌诗达”号给我与这座“一楼即世界”的小镇一样的感觉，十天的旅程中，在海上航行的日子有五天。时间维度突然被拉长，没有网络，焦虑不安的现代社会手机奴隶终于不再时时刻刻牵绕于微博微信的夺命连环呼，你真的可以睡到自然醒，二十四小时有食物任吃，甲板上永远可以放眼海平面，想读书、想跑步、想游泳、想跳舞、想唱歌、想赌钱，just name it。

我第一次真切体会到傅真的描述：“你如同一个身处农业社会的古人，有大把的不断循环的时间可以尽情挥霍，而不用像在现代工业社会中那样争分夺秒地挣钱，感叹光阴似箭。那时的我只活在当下片刻，没有过去和未来；只是在不断地经历，心中却不存任何期待。有趣的是，彼时‘身在此山中’的我并没有特别留意那种感觉，而是在结束了不断迁徙的日子之后，它才变成了一种幸福感的象征，令人回味无穷。”

五天的航行里，大海的苍茫单调、无穷无尽与邮轮上的今朝有酒、歌舞升平形成一种奇幻的感官对撞。无论站在甲板头发被大风刮成狗还是趴在房间的阳台凝望落日，你都会顿感渺小，现代人虚妄的骄傲被浇灭全无。

三、每个人心中都有自己的藤井树

五天的岸上行程分别是位于日本本州岛的金泽、位于北部大岛北海道的小樽和位于九州岛的福冈。作为一个怪咖，我一贯“不走寻常路”，去的都是奇怪而人烟稀少的所在。

航行两天三夜之后，“歌诗达”号到埠金泽，大量人马奔向负有盛名的茶屋街和兼六园，我却选了偏僻的黑部峡谷。这是位于日本北阿尔卑斯山的美丽森林峡谷。由黑部河切割而成，是日本最深的峡谷之一。陡峭、几乎垂直的峭壁、没受破坏的原始森林和露天温泉等使得这里成为本州岛知名的旅游景点。

黑部峡谷陡峭而险峻，最省力的观赏方式是坐火车。火车沿着迂回的路线穿梭于宇奈月与欅平站之间，全程二十公里长，八十分钟的路程，经过二十多条桥梁，通过四十多道隧道，从车厢内可看到峡谷的全景。

而坐火车与否成为了亚洲游客和欧美游客的最显著分野。无论在铁路关闭的冬天还是可以坐车代步的夏秋，来自欧美的背包游客一般也都会选择徒步赴险，累了便泡个温泉。这样的乐趣，大概是习惯了舒服、坐着火车走马观花的我们所无法企及的。

金泽之后，向北一天一夜，到达北海道的小樽。二十年前，来自世界各地看过电影《情书》的文艺青年和文艺中年把这里当作爱情圣地，多少人曾被博子对着雪山呼喊“お元気ですか？わたしお元気です（你好吗？我很好）”感动得稀里哗啦。光阴荏苒，现如今，来北海道的中国游客大多都直奔《非诚勿扰 2》邬桑的家去了吧。

在著名的富良野，人们簇拥在花海前摆出各种 pose，而我感动于真的看到了被近处的花朵耀目光环遮盖而让人忽略的远处的雪山。

每个人心中都有属于自己的藤井树。他或许在你身边，却

因为生活的真实和粗鄙而彼此厌倦疏离；他或许远在天涯，却在某个触动回忆的夜晚使你怀念到哭泣。那么，对雪山喊吧，“你好吗？我很好”。

然后，相忘于江湖，真实而粗鄙的生活还要继续。

1914 年，小樽开始建造以石块铺砌成河岸的独具特色的小樽运河，历时九年才得以完成。

第二次世界大战后，日本经济起飞，小樽港因不再是北日本海运输中心而逐渐沉寂，运河两岸曾经的货运仓库区与沿岸的古老商店街也相对没落，许多优雅的建筑在市民增筑改建的风潮中遭受破坏。

小樽运河

自然会有人站出来维护这“北方华尔街”的古亚风貌。日本随后兴起史迹文物保存运动，终于制定了《历史建筑物群及景观地区保全条例》，小樽运河与沿岸街道才得以被保存，成为小樽最为怀旧与浪漫的景观之一。

这令我想起了北京古城墙和梁林故居。1956 年，北京大规模拆除古建筑，为保护古迹四处奔走的建筑学家梁思成被批“复古主义”，他终于写了检讨：“我竟然认为能领导 6 亿人民的党不能领导建筑，我自以为是自高自大，这一切都肇源于我的阶级出身和个人英雄主义自由主义，感谢党的领导，及时遏制了这股歪风。”随即，他递交了入党申请书。

长达四十公里，有 700 年历史的古城墙最终没能保住。半个世纪之后的 2011 年，冰心笔下的“太太的客厅”——北总布胡同二十四号院的梁林故居也终究未逃脱碎为瓦砾的命运。幽默的是，东城区文化委调查原因后称，开发商是考虑到故居房屋陈旧、几经翻建、无人居住等原因，易出现险情，因此进行了“维修性拆除”。[1]

1　纪录片《梁思成与林徽因》。

四、日本印象

这是我第二次到日本。五年前作为国务院新闻办青年记者访问团成员赴日，去的是东京和神户。回来后，我曾写长文感慨日本让我印象最深刻的事情——垃圾。

彼时在东京，最先惊讶于街头没有垃圾桶。随团的中日友好会馆浩子小姐解释说，“9 · 11”以后，为了应对可能出现的恐怖炸弹，东京大阪等大城市街头的垃圾桶一夜之间都被撤掉了，代之以高强度的透明塑料垃圾袋，每周会有专门的垃圾车定时前来运走。

人们不厌其烦地将“扔垃圾”这样一件在我们看来无比简单的事情执行到了极致：所有垃圾细致分类投放，不同门类分别定期回收，每个人习惯于随身带着一个小袋子，把自己一天之中产生的垃圾随身放在里面而绝不会乱丢乱放，最终往往又带回了家。跟我们同行的日本朋友担心我们不习惯，往往自告奋勇当我们的“垃圾回收员”，“你有垃圾吗？没有关系，交给我处理吧！”

五年之后，一样的场景重现。在金泽接上一车中国同胞的

9 号车

ごみ
垃圾
rubbish
ごみ
垃圾
rubbish
ウェットティシュ 番号札
プラスチック
燃えるゴミ
食べ残し
スチール缶
アルミ缶
飲み残し
スチール
アルミ

东北导游一遍遍强调，日本不能乱扔垃圾，如果大家嫌分类麻烦，一定在下车的时候把自己的垃圾扔给她，由她为大家回收。自然有人不以为意。下车时，在很多座位下我仍然看到了空瓶子和脏纸巾。

导游姑娘赴日八年，坦言如今回东北老家已经格格不入："我有时候跟家里人说，说话别那么大声，别吐痰，垃圾揣兜里。我妈上来就骂：你装！你再装！滚回日本别（四声）回来了！"

在行程的最后一站福冈，参观完著名的朝日啤酒厂，我写了这样一条微博："如果说在日本中国大妈进厕所不知冲水是因为找不到马桶盖后的冲水柄、在太宰府神社门口让小孩脱裤子就地撒尿是因为孩子小、憋不得，且语言不通不会问厕所在哪儿，那么在朝日啤酒试饮品尝处，分类垃圾桶近在咫尺，为什么中国大妈还要留下狼藉一片呢？"

这条微博迅速被热转，我又看到了熟悉的评论："你装！有本事待日本别回来啊！"

哑然失笑，想起五年前在日本读卖新闻社探访时，我最先留意到的是报社办公室的 DIY 垃圾桶，竟有七个之多。毫无疑问，这是为了垃圾分类，然而仔细一看，我十分震撼，一个普通塑料饮料瓶要分为三部分：瓶盖、瓶身以及瓶子的塑料标签膜。

我惊讶于这会不会很不方便，报社同行却反问："这不是举手之劳吗？"

五、尾声

五年前，由于团队中的日本朋友每次集合都提前十分钟，我们也很少迟到了；早高峰的新干线和地铁，日本乘客都在看书，安静得能听到针掉，我们也不聊天了；在首都机场下全日空航班，机组人员鞠躬道别，我们也鞠躬。出来一手推行李车一手打电话的我突闻高分贝大吼"车不能推了！说你呢！聋啦！"明白，到家了。

这一次，游轮抵达上海吴淞口邮轮码头。下船时，我想，希望下一次赴日，不再觉得我们的距离依然遥远。

人在国外

PART 7

◆

科隆沿莱茵河的小酒馆记载了这里曾被洪水淹没的记录水位：10.64 米。

莱茵河畔取“治水”经[1]

被称为“欧洲父亲河”的莱茵河，作为流经欧洲九国的主要饮用水源，曾在短短四十年中经历了从“最浪漫的臭水沟”向如今清澈美丽的父亲河的转变。带着“取经”的心态，我沿着莱茵河流域走访了相关水域管理人士，得到了不少一手信息。

瑞士巴塞尔。莱茵河与现代工业和谐共生

1 本文首发于《南风窗》。

在欧洲“取经”途中，遇到的第一件令我吃惊的事情就是酒店房间里没有任何饮水机和开水壶。向导告诉我，欧洲许多国家的自来水是完全达到饮用标准的，“自来水”和“饮用水”对于他们来说完全是同一个概念。为了让我彻底信任欧洲的水龙头，欧洲朋友还当着我的面从院子里平时用来浇花的水龙头接了一大杯自来水大口地喝下去。尽管终于为欧洲的水质折服，但得知瑞士沙夫豪森饮用水厂的产品居然就是将地下水直接泵出即可，我还是大吃一惊。

“地下水是全民的重要资源和宝库，每个人都必须保护它。比如说瑞士联邦和每个州都有法律严格保护饮用水，规定泵站

沙夫豪森饮用水厂水泵中的地下水太清澈以至于看不到水的存在

周围不许有工业、不许有汽车、不许有油站。”供应着瑞士诺伊豪森和沙夫豪森全部居民饮用水的水厂负责人 Roger Brutsch 告诉我，瑞士是全世界最知名的中立国家，但为了保护地下水资源，水厂连战争因素都考虑到了。“水泵站有非常严密的安保措施。水泵取上来的水，其在管道中是和空气完全隔绝的，也就是说，从水源一直到用户的水龙头，中间甭管多远，是完全密封的。此外，泵站还设有防爆破、防袭击，甚至应对战争爆发的严密保护装置。”

离开沙夫豪森的时候，我问 Brutsch 先生，这座供应着半个州饮用水的泵厂究竟有多少名工作人员。他说，包括他，4 个。看着我惊讶的样子，他笑了，反问我：“有这么清澈的水源，还需要很多人做很多事吗？”

在瑞士，保护饮用水源是全民共识，甚至包括年幼的孩子。在金融业十分发达的大都市苏黎世，非盈利组织瑞士环保管理教育基金会（PUSCH）的志愿者们这样引导孩子参与全民节水：“我们准备了一张图表，上面列出了家庭对水的一些日常应用，比如洗澡、饮用、清洁、洗手间用水，学生们要找出哪个环节耗费最多的水，然后要提出节约水的方法。他们将自己的方法写在纸上，带回家里，这样每天都能看到，督促全家节约水资源。”环保管理教育基金会教师 Cornelia Haefeli 小姐告诉我们，结合了讲课、实验、讨论的学习方法效果很好，孩子们都很喜欢。

莱茵河由瑞士流入德国，德国人自豪地称这条该国境内最长的河为“父亲河”，这是因为莱茵河对于欧洲大陆及其文化思想的孕育发展有着莫大的影响。在莱茵河流域最大的湖泊——康斯坦茨湖附近，Uberlingen 市有着德国最大的饮用水厂 BWV，说是饮用水厂，却并非瓶装饮用水，而是中国所说的自来水厂。看到各种贴有“BWV”标签的纯水、果汁、汽水等等，我问公司领导：“你们公司所有产品的水源都来自于康斯坦茨湖吗？包括果汁？”

几位 BWV 的高层大笑起来，他们说公司唯一的“产品”就是自来水，并不生产任何其他形式的饮用水，那些漂亮的玻璃瓶装纯水就是他们生产的自来水；之所以这样包装，是为了展示他们的自来水完全纯净，可以达到瓶装纯水的干净度，请顾客放心饮用！

BWV 实验室负责人 Petri 说，现在莱茵河以及康斯坦茨湖的水都干净到可以随时捧起饮用，但 20 世纪六七十年代的时候这里污染很严重。以前沿莱茵河没有污水处理机构，洗化产品以及一些农药化肥就这样流入莱茵河和康斯坦茨湖。到了 1970 年代末期，ICPR(莱茵河国际保护委员会)、AWBR(莱茵河 - 康斯坦茨湖饮用水工作协会)等组织在莱茵河沿岸建起了许多污水处理厂，90% 的污水都能得到净化处理，之后才排入莱茵河。目前，这个数字已经达到 99%，也就是说几乎全部的污水都能得到净化处理。不过，Petri 颇有些居安思危："现在我们面临新的问题，新的污染，比如重金属、具有辐射的元素、化工厂的产品排放、金属化合物、旅行者携带的污染物等等。"

"维护莱茵河饮用水的安全更多时候要靠企业责任。"BWV 总裁 Mehlhorn 先生说，"企业受到来自各方面的压力去重视环保——不仅仅是来自政府的，更多来自居民，所以他们能够很自觉地去保护环境，处理污水。"例如，德国著名的化工企业巴斯夫，必须要先接受政府检测，确认对环境没有影响才可以投产。如果任何企业的农药、化肥或化学元素对环境造成了污染，这些产品将必须撤出市场，做出整改。"企业都十分注重自身的环保形象，即使政府检测允许某一款农药投入使用，也并非万事大吉。比如去年，媒体发现有一家农药厂生产的农药对环境有危害，他们自己马上从市场撤下了所有的产品，因为他们的品牌形象受到了很大打击，连同该公司生产的医药等其他产品的销量都大大下滑了。”

从污水处理厂、水质监测站到水务警察局

沿着莱茵河行走，一路上每到一个中型城市就会见到一座污水处理厂。有的城市，尤其是化工企业密布的城市甚至超过一座。这些污水处理厂处理之后产生的“成品水”，几乎已经和完全干净的纯水毫无二致，只有这样的水才可以排入莱茵河。污水处理厂和每个人的生活息息相关，只有它的正常运作才能保持莱茵河的清澈如昔，因此，政府、企业和民众都要支付污水处理费用。

瑞士北部地区最大的污水处理厂、专门净化处理巴塞尔地区化工企业所排放污水的化学污水处理厂 Pro Rheno 的负责人 Heinz Fromelt 先生说，事实上，化工企业已经抢在污水处理厂之前承担了大部分的污水处理义务，这可以使他们减负不

少。“化工厂的责任是污水化工元素可分解率在 85% 以上，如果超标，企业就必须改变生产工序，或者采取其他措施，比如不通过污水管道排放污水，而是使用专用污水容器拿到我们这里来，我们可以直接放入处理器中。”

尽管有企业、污水处理厂的层层把关，莱茵河的水质仍不能令政府高枕无忧，沿河密布的水质监测站随时探查莱茵河水质。Weilam Rhein 水质监测站坐落于瑞士、德国、法国三国交界处，属于瑞士管辖，却位于德国境内，是莱茵河保护国际合作的范例。

“巴塞尔有 3 个大的污水处理厂往河里面排水，法国有两条小河也在附近汇入莱茵河，水质比较混杂，所以在沿河两公里内设置有 5 个监测站。我们使用水管不间断地从 5 个不同的观测点上提取河水样本，这样就能监测到整体河水质量的变化。”水质监测站 Jan Mazacek 博士说。

这一河段的莱茵河水完全达到可以直接饮用的标准，这对一条流经 600 万人口的工业城市（巴塞尔）的河来说简直令人难以置信。监测站的第一个标准是，每升水里面只准有不超过 1 毫克的有机物。这是 24 小时内水样本的平均值，每 7 分钟抽样一次。如果污染物的浓度乘以24小时的河水流量超过了300千克的污染物标准，监测站就会发出国际警报，通知各国莱茵河水质出了问题。一旦发出警报，下游就会做出相应的应急措施。平时，饮用水厂一般会将莱茵河水抽出来灌溉到地面，经过地表过滤，然后抽取地下水，收到警报之后他们会停止灌溉工作，避免污染地表和地下水源。

监测站的记录显示，2007年，有4.5吨的化学物泄漏到了莱茵河里。始作俑者的化工厂希望维护声誉，因此尽全力补救和吸取经验教训，防范意外再次发生。在莱茵河流域各个地区，对于污染者最大的惩罚就是将他们污染莱茵河的消息发给各个媒体进行报道。"污染者"这个负面的帽子比大额的罚款更加具有震慑作用。

如果污染依旧发生，莱茵河流域各国还有一道撒手锏——水务警察局。水质监控站列出清单，哪里有污染物，这些污染物是什么成分，水警们就可以查出这些污染物是从哪些公司倾倒入河水的，并做出书面结论，判断这起污染事故是属于技术问题还是人为原因。这个时候，污染事故就正式移交司法程序了，法官会决定你应该赔钱还是判刑。

在杜伊斯堡与德国水警在勋章墙前合影

唯一的权力是公众的荣誉感与耻辱感

提到莱茵河治理所创造的奇迹，或许和一个叫作 ICPR(莱茵河国际保护委员会)的机构息息相关。ICPR 是一个国际性组织，成员只有 12 个人，来自莱茵河流域各个国家，它没有权力强制任何国家做事，也没有固定收入，但它的运作丝丝入扣、井井有条，把一条国际河流治理得举世瞩目。

“唯一的权力是公众的荣誉感与耻辱感。”曾任ICPR主席，2008年起调任德国联邦环境、自然保护与核安全司副司长的Fritz Holzwarlth博士用一句话概括。“我们没有武装组织，也没有人可以强迫一个国家、公司、个人去做某样事情。我认为这是一个公众道德的体现。”

ICPR成立于20世纪60年代。当时欧洲的河流污染情况可以和现在的中国相比。德国着眼于“战后”经济重建工作，没有多少人关心污染情况。莱茵河流域关于水污染的讨论直到人们发现莱茵河水已经不可饮用时才开始。

1970年代初，莱茵河下游不得不关闭饮用水管道，因为水质过差，要想饮用必须使用活性炭净化处理（污水处理厂已经无能为力）。同时，由于沿河各国都依赖莱茵河水运，来往船只的污水直接排入莱茵河，加剧了污染程度。在ICPR的呼吁下，欧洲相关各国逐渐统一了意见，共投资超过1000亿欧元在城乡各地建设污水处理厂，以便将污染物消灭在萌芽状态。同时，政府颁布了法例，严禁来往船只的污水直接排入莱茵河。这样，莱茵河水质才一步步好转。

上述这些整治措施，各国都会定期向 ICPR 委员会秘书长汇报进展。而在 ICPR 的档案中，瑞士发生的一起意外事故给了他们最多的启发。

莱茵河流域化工厂密度全欧洲最高，1986 年，瑞士桑多斯化工厂没有做好防护措施，使得消防员使用的水直接排入了莱茵河，导致大量鳗鱼中毒死亡。一夜之间，河面布满了死鱼。从这个事情当中，欧洲人学习到污水处理仅仅是莱茵河治理的一个方面，污染控制是另外一个重要的组成部分。1986 年之后，整个流域的化工行业都参与控制污染的计划。德国投入了 10 亿欧元来防止同样的悲剧在德国上演。各国都在沿河加强了警报系统，如果上游发生了意外，1 个小时内就能作出反应。

“工业行业也对舆论很敏感，比如如果著名的巴斯夫化工厂没有协助治理污水，电视、广播、报纸都会报道这个消息并指责巴斯夫的不作为，这样的舆论压力会给公司造成财产损失。比如壳牌集团采油钻井平台，原计划是投入北海而非莱茵河，但是壳牌没有遵守承诺，结果导致了公众的抵制，也就是说拒绝购买壳牌的汽油。”Fritz Holzwarlth 博士说，这种“公共道德”成为了约束企业的最基本底线。

对于 ICPR 来说，最自豪的成就莫过于使得鲑鱼（三文鱼）重回莱茵河。20 世纪 70 年代初，莱茵河是欧洲的臭水沟，当时只有 15~18 种鱼类。而如今莱茵河里已有 60~62 种鱼了，这和 200 多年前一样。为此，1987 年，研究和治理莱茵河的人们还专门启动了一个有趣的项目——“三文鱼 2000”，在 2000 年来到之前的 1994 年，他们真的如愿以偿地看到了久违的野生三文鱼。要知道，三文鱼的存活可是国际公认的判断水质优良的重要标尺。

新挑战：水能资源的可持续利用

ICPR 成立 40 多年后，经济发展和环境保护“相辅相成”的理念在欧洲已经深入人心。但 ICPR 德国秘书 Anne Schulte-Wülwer-Leidig 博士却未雨绸缪地宣称：随着全球变暖，今后莱茵河的洪水流量会越来越高，而现在莱茵河流域各国的泄洪区只占原先面积的 15%，高达 85% 的泄洪区已经被改造成农田和工厂了，“要将这些土地重新变为泄洪区，需要购回这些土地，说服当地的人民，中间的工作很复杂。”

“我们计划减低 10% 的洪水峰值，计划在 2020 年前投入 123 亿欧元开展这项工作。从 1998 年到现在，我们已经投入了 45 亿欧元。工作有进展，但还不够。”Anne 博士颇为忧虑。虽然一定量的洪水可以为人类造福，如今莱茵河上的上百家水电站也会起到调节洪峰的作用，但显然，建设新的水电站会带来其他问题——水电站截断了河流的连续性，同时也妨碍了鱼类的回游；水电站的建成还导致很多自然湿地的消失，破坏了莱茵河流域的自然动态平衡。换句话说，增建传统的水电站似乎并非水能资源的可持续利用之路。

不过，在“防止全球变暖”成为更高一级的环保诉求时，高效率水电站的优势就凸显出来了。沙夫豪森水电站是瑞士最大的水电站，这里地势很特殊，距离著名的莱茵瀑布仅 2 公里，巨大的势能创造了利用水力发电得天独厚的条件。这里生产出来的水电对环境破坏相对较小，是货真价实的“绿色能源”。有报道说，瑞士目前遵循的清洁能源标准是全球公认门槛最高、要求最苛刻的。然而除了生产电能，这里居然还设有鱼栏，水电站每年甚至会专门雇用两个人，就负责垂钓，计算鱼的种类和数量。

“这些都是瑞士联邦政府制定的法规，我们必须保护环境、保护生态。莱茵河拥有最多鱼类的时候，曾经在这里一天能观测到3000条鱼。”沙夫豪森水电站负责人Herbert Bolli先生说。

“我们会把这种绿色的能源销售到德国、法国、意大利。并不是销售能源本身，而是经过认证的另一种价值——二氧化碳排放额度的买卖。每销售1公斤二氧化碳气体排放额度，可以获得1分瑞士法郎。我们将这些节省下来的钱存入基金，用这些钱实现莱茵河段的环保工作。”Herbert Bolli先生说，“我想，这就是水能资源利用与河流保护的良性循环。”

体验日本的垃圾回收[1]

2010年岁末，我随国务院新闻办公室“青年媒体工作者”代表团访问日本。在日本期间，当地民众的文明、友好与彬彬有礼自不必说，印象最深的片段，却都和“垃圾”有关。

街头不见了垃圾桶

在东京，最先奇怪于街头没有垃圾桶。随团的中日友好会馆浩子小姐解释说，“9 · 11”以后，为了应对可能出现的恐怖炸弹，东京、大阪等大城市街头的垃圾桶一夜之间都被撤掉了，代之以高强度的透明塑料垃圾袋，每周会有专门的垃圾车定时前来运走。

没有封闭的垃圾车和垃圾站，垃圾袋堆放在哪儿呢？在东京郊区租住的中国留学生小刘说，离他住宅楼不远处的大槐树下，就有

1 本文首发于《南风窗》。

日本东京街头的垃圾堆放

一处指定的堆放地点。每周会有一家小区住户接到一张值日卡和一把钥匙，“值日卡是通知轮到你家值班了，钥匙则用来打开垃圾站附近的公用水龙头，以冲刷地面。每天清早，居民们将生活垃圾放在塑料袋里，系好袋口，放在大树下。清洁车过后，若有少量泄漏，负责值班的住户立即打扫冲洗干净。因而，住宅小区里，没有专门的卫生清扫员，也少了一项开销。”由于必须按规定时间把垃圾袋放出去，小刘怕误了钟点，有次在垃圾收集前一天晚上就把垃圾袋偷偷丢出去，竟然不久就有邻居拎着垃圾袋来敲门，“晚上风有可能吹散你的垃圾、污染小区的，请你按时投放”。

没了街头垃圾桶，对短期外国访客来说可能真不方便。我有次忘记把早餐用过的湿纸巾留在东京的酒店里，结果出了门一路都找不到合适地方丢掉。我就带着这个小小的垃圾上了新干线，又到了另一个城市——神户。哭笑不得的是，在神户街头，我依然没找到垃圾桶。浩子小姐说，很多日本人都有习惯随身携带盛放垃圾的小口袋，找不到地方丢垃圾的话就先搁在小口袋里，而最终又很有可能把垃圾带回家。怕我们这些中国访客不习惯，大巴车每到一处，浩子小姐都会拿着垃圾袋，不厌其烦地问每个人：“有垃圾吗？有垃圾吗？”

难道仅仅因为日本平均国民素质高才“路不遗脏”？非也。原来，日本市民如果违反规定乱扔垃圾，就违反了《废弃处置法》，会被警察拘捕并课以 3 万～ 5 万日元（约合人民币 1980 ～ 3250 元）的罚款。这样做的直接效应是，城市生活垃圾大大减少，日本人年均垃圾产量只有 410 公斤，为全世界最低。

垃圾分类的“年历”

在读卖新闻报社参访时，我看到办公室一角足有 7 个用废纸箱和塑料盒 DIY 成的垃圾桶，上面分别用纸条标明收纳的垃圾种类，可谓“各司其职”。日本同行解释说，日本人把垃圾分成资源、可燃、不燃、粗大、有害这几大类，每一类的“终点”都有着明晰的路径。日本的垃圾分类细致程度令人震撼，比如一个普通的塑料饮料瓶要分三部分投放：瓶盖、瓶身以及瓶子的塑料标签膜；而最常见的茶饮料的塑料瓶子，在丢弃之前要经历五个步骤：1. 喝光或倒光；2. 简单水洗；3. 去掉瓶盖，撕掉标签；4. 踩扁；5. 根据各地的垃圾收集规定，在资源垃圾回收日拿到指定地点，或者丢到商场、便利店设置的塑料瓶回收箱。

原本以为垃圾分类投放应该只是大都市高素质白领人群才能做到的事情，神户之行又让我惊讶了一把。在兵库县的一家小酒店，老板告诉我，他们会把家庭垃圾分成 6 种，等待每周定时前来收取的垃圾车。“每周才一次？”我很惊讶。“嗯。”“那

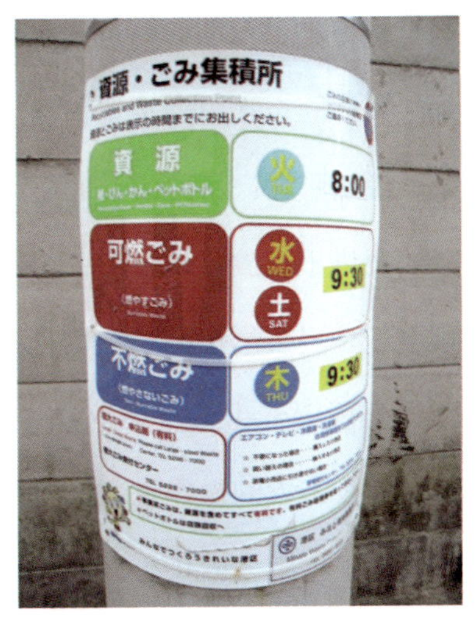

如果错过了呢？”正说着，老板太太拎着一个小垃圾袋沮丧地回来。“错过了收电池有害垃圾的车。”她解释道。“那怎么办？”“在家里再放一个星期呗。”老板夫妇轻松地耸耸肩。

日本各类垃圾的收集时间规定得非常严格。对于忙碌的现代人，要记住复杂繁琐的垃圾分类回收条款和日期规定，并不容易。兵库县小酒店的老板告诉我，每年的12月，所有住户都会收到一张来年的特殊“年历”。每月的日期都由红、黄、绿等不同颜色标注，在“年历”下方则有说明：哪种颜色代表哪一天可以扔何种垃圾。“年历”上还配有各种垃圾的漫画，告诉人们不可回收的垃圾都包括哪些，可回收的垃圾都包括哪些，使人一目了然。

日本民族做事非常认真，即使是扔废旧物品，人们也经过认真处理，再按规定放在固定的地点。例如扔报纸书本时，他们会将报纸书本捆得整整齐齐并码放好；把废旧电器的电线缠绕起来并固定在电器上；仍然可以骑的旧自行车贴上一个小纸条，说明是自己不要的；即便是生活中的普通垃圾，如果有水分的要烘干再放到垃圾袋里；带刺或锋利的物品，要用纸包好再放进垃圾袋；用过的带有压力的喷雾罐等，一定要扎一个孔，防止出现爆炸事件……这样做的结果是，垃圾的种类不易混淆，回收工人的操作也更加便利、安全。

浩子小姐告诉我，日本做到垃圾几乎百分之百的回收，依赖的并不是先进、发达的科技，而是全民对环境的敬畏、真挚的感情和高度的自觉性。

因地制宜拟定环保标准

在东京的新地标——大型时尚商圈“台场”附近的一家垃圾焚烧厂，工作人员告诉我，收来的垃圾首先被送进垃圾转运站，在这里通过机械与人工分选的方式，选出部分可回收垃圾，以减少垃圾存量。下一步，在大型综合处理厂，分选后的垃圾中，不可燃垃圾经过压缩无毒化处理后，可作为填海造田的原料。这个东京的综合休闲娱乐区新地标“台场”，就有一部分是用垃圾在东京湾里填出来的。而可燃垃圾要么直接焚烧发电，要么经过破碎、分选、干燥、成形等程序之后，制成直径2.5厘米、长约3至7厘米的垃圾燃料棒（RDF，热值相当于标准煤），售给特别设计的发电厂焚烧发电，而最终的残渣亦被送去填埋。

既然还是要烧，为什么还要把垃圾变成燃料棒？焚烧厂的负责人介绍，与普通的垃圾焚烧厂不同，RDF生产实际上是个物理过程，对温度要求较低、操作相对简单，所以管理比较容易，可靠性相对要高，对周边环境的影响小，因而受到不少地区的欢迎。

技术人员告诉我们，日本并没有通行的环境标准，各地因地制宜拟定环保标准。垃圾焚烧厂不仅直接控制百姓最关注的二噁英的排放，而且关注与二噁英生成紧密相关的氮氧化物的指标。中国氮氧化物的排放限值一般是400毫克/标立方，而在日本的控制值都在100毫克以下。大阪为了申办奥运，对其垃圾焚烧厂提出了30毫克/标立方的设计要求，业主方额外要求采用“湿法”烟气净化系统加“触媒脱硝”，投资额甚至为此翻了一番。

家电回收与循环经济

日本是家电生产大国，日本朋友告诉我，2001年起，日本开始实施《家电回收再利用法》，要求消费者必须承担旧家电收集、搬运以及“再商品化（循环再利用）”的费用。法律还规定，消费者如随意弃置旧家电，会被处以高额罚款。比如扔一台旧电视或旧冰箱，将面临近3000日元的罚款，而支付一台旧电视或旧冰箱的回收再商品化费用则只需2000多日元。

事实上，日本企业承担的家电回收再利用的社会责任，要远远大于普通消费者。根据日本《家电回收再利用法》和关于电脑的《资源有效利用促进法》规定，原则上由市政部门或家电制造厂商自主回收。大致有几种方法：1. 购买新家电时，在电器商店申请旧电器的回收处理，店家在送来新购电器时，回收已申请报废的家电产品；2. 向原来购买家电的电器店（需提交购买凭证）提出申请；3. 事先在邮局购买“家电回收券”，然后自己将报废电器搬运到指定的回收场所，报废空调须交3675日元“回收再生商品化费”、电视2835日元、冰箱4830日元、洗衣机2520日元；4. 处理大型垃圾还需要打电话预约，并支付一定处理费。

不要以为企业是在政府强制下“被自愿”承担回收旧家电

的社会责任，其实旧家电“浑身是宝”，回收利用价值非常可观，直接丢弃则会对环境贻害无穷。目前，日本对回收到的家电制品主要采取三种处理方式：直接填埋；粉碎后将金属部分回收，其余部分填埋或者焚烧；对可再利用物品，主要是玻璃、铁、铜、铝、塑料等进行回收，对氟利昂等进行处理，然后将剩余部分填埋或者焚烧。在上述回收领域，日本并没有什么独特的高端或专利技术，所有加工流程都很容易掌握。比如电视机回收再利用的主要工作，是对重要部件二极管进行回收，然后和新的玻璃混合来制作新的二极管。而在旧电脑的回收和处理方面，日本过去比较注重金属类的回收，而近年来，对回收品的塑料部分进行再利用的技术越来越得到重视。

正由于对发展循环经济的重视，日本厂家从四大类废家电中“拆解再利用”得到的铁、铜、塑料等再生材料的“再商品化率”均超出法定标准，其中显像管电视达 86%（法定标准为 50%），液晶、等离子电视达 74%；洗衣机、干衣机达 85%；空调达 88%；冰箱、冷柜则达 70%（法定标准为 60%）。这些数据说明，“日本制造”的家电、数码产品在过硬的技术和质量之外，其内含的环保理念和外在的循环利用实践也相当超前，是我们值得学习的一课。

部分《佳访》节目片尾语

张亚勤：让智慧起舞 2013 年 8 月

说起神童，你大概会记得王安石的名篇《伤仲永》中仲永最终“泯然众人矣”的黯然结局。少年班曾经群起而办之，当初名噪一时的神童宁铂后来皈依佛门，引起了全社会对于这种有“揠苗助长”之嫌的教育方式的质疑。提起这件事，张亚勤曾说：成功有很多种，宁铂在佛教界非常受人尊敬，找到心灵的宁静，就是成功。

有人说在张亚勤的身上你可以看到许多当代人最推崇的元素：智慧、财富、名望、机遇、少年得志，而我感受最深的却是另外一些东西：质朴、平和、正派、真诚、宠辱不惊。

胡润：外眼看土豪 2013 年 11 月

从 1999 年到 2013 年，胡润百富榜已经发布了 15 年。这 15 年里，中国的人均 GDP 从 865 美元增加到了 6600 美元，根据世界银行的标准，中国已被列入“中上等收入国家”。同时，在这 15 年里，大众“仇富”与“学富”交织的矛盾心态一直与社会的发展相伴相生。在市场失范的情境下，利用灰色地带抑或权钱勾结的非正义手段来创造财富，深深刺痛着公众心中贫富不均的相对剥夺感。从这个意义上说，将财富冰山更多晾晒在阳光下，让“土豪”们学会回馈、由富及贵，或许才是这张榜单更大的意义。

陈嘉上：摆地摊 大智慧 2014 年 6 月

陈嘉上是香港电影工业从辉煌走向萧条的见证者。20 年前，香港 GDP 约为内地的 25%，如今则跌到了 3% 以下；以往的转口贸易优势随着内地的开放也逐渐消失。

但所谓“边缘化危机”仍是一个伪命题，记得有一段话曾打动很多人：“香港能成为伟大的城市，并不在于地理优势，而是因为拥有健全的行政架构和完善法治的社会。市民、企业能够在这片土地上充满活力地生活、工作、共享繁荣，无不依赖于此。”

法治、秩序、自由、反贪污、多元文化、社会福利是香港人心中深深的骄傲，也该成为内地与香港人民“相看两不厌”的共识。

王潇：明白趁早 2014年7月

曾有一位记者说，看到王潇“瘦成一道闪电”的身材、色彩和线条都简单优雅的服装，想到了一个“神回复”：衣服怎么搭配最好看？第一，身材好；第二，身材好；第三，随便穿。王潇曾说，这世界已经有很多人和事会让你失望，而最不应该的，就是自己还令自己失望。我想，外表如此，梦想如此，目标如此，执行也如此。

陈坤：走着走着就找回了自己 2015年1月

从一个自卑脆弱敏感的孩子，到一个不被外部环境左右、平和淡定的成熟男人，一路走来，陈坤无比希望把他的路径分享给更多人行走。声音最大的一种质疑，是那些年轻的孩子，还没有攀登上人生的任何一座山头，你这个轻舟已过万重山的人却要教他们放下，是不是太急切，会不会太强势。

提供一条路径，走不走、怎么走在你自己。看到我能够理解，陈坤眼里是欣慰的光芒。我想，无论禅定还是行走，无论禁语还是清修，奥妙都是专注。能给你力量的，永远只有你自己。

Rehage：一个德国青年眼里的中国 2015 年 3 月

在公共平台发表时评，难免会招致不同意见者的骂声。正如 Rehage 所说，无论德国还是中国，我们所生活的这个时代已不再要求人们必须持有统一的立场。恰恰相反，我想信息时代会促使我们有机会、有自信、有度量与任何观点不同的人交流。还记得伏尔泰的话吗？“我可以不赞成你的观点，但我誓死捍卫你说话的权利。”

梁文道：阅读是我最大的忙碌 2015 年 4 月

对于知识分子的理想状态，梁文道的脑海中曾有勾勒：他向往南宋时朱熹和陆象山的那场论战，双方门下弟子都知道，对方是自己老师最大的敌手，但论辩的过程却客气而节制。朱熹和陆象山跟自己的弟子谈到对手时，也从来不会出言不逊。

梁文道说："知识分子在辩论时，最好不轻易下结论，只说，或许我有一个想法是对的，拿出来讨论一下。因为知识分子应该只服膺真理，而不屈从立场。"

冯唐：人生后半场 2015 年 5 月

在离开央企前的一个上午，冯唐在办公楼下等人。那天阳光和煦，花是开着的，他突然想起过去十多年的日子，每天起早贪黑，拎包就走，几乎全是忙着生意上的事儿。如今的冯唐，算不得闲云野鹤，但终于可以忙自己想忙的事儿。品茶，写书。把更多时间留给他爱的、怕某个清晨会弃他而去的灵感和文字。

他把这种痴狂归结于：内心有肿胀，要写出来，才痛快舒服。

他说，要用文字打败时间。我想，唯有如此，冯唐才不易老。

郑渊洁：三十年蜕变 2015 年 5 月

郑渊洁喜欢吃胡萝卜，十二生肖里他最像兔子，不过这种温顺的动物在他笔下却很少有正面形象。在我最喜欢的童话《驯兔记》里，孩子们被训练得唯唯诺诺、万事听话，直到长出兔耳朵才算得教育成功——许多人对中国教育体系最初的反思反抗，是从看他的童话开始的。

然而如今，无论郑渊洁还是郑渊洁童话都不再像以前那样锋芒毕露。三十年写作合同期满的这一刻，郑渊洁有种自由的感觉，而曾经无比叛逆的他却变得理性而克制。只有一点没变：他说，我的童话不公主、不王子，是预防针。

王小帅：孤独地逆流而上 2015 年 5 月

在我看来，最好的电影应该能够以小人物的命运折射大时代的变迁。电影中老邓个体的罪恶缘于时代，她被命运裹挟而作恶，也被命运裹挟背负心债，难获救赎。而如今严肃电影的不受欢迎同样缘于时代，逻辑严密、主题深刻、人物立体敌不过道具奢华、特技炫目、明星耀眼。今天，我们的观众还并没有做好接受一部反思历史的严肃电影的准备，探索和追问完败给轻松不费脑。从这个角度上说,我们的时代与老邓的时代,本质上又有多大改变?

蒋方舟：我不需要一呼百应 2015 年 8 月

少年得志的顺遂，在蒋方舟眼里，有一种“种瓜得瓜种豆得豆”的坦然。到了世俗眼光中谈婚论嫁的年龄，有了套现知名度盈利的资本，排在她生活第一位的，仍然是看似枯燥的阅读和写作。她认同卡夫卡说的“要读就读那些捅了我们一刀的作品”，自己写作，她同样追求一种“痛感”。对她来说，是一种抵抗，抵抗时间，抵抗平庸，抵抗遗忘。珍惜内心的愤懑，不被安逸的幸福收买。也许正是这份超出年龄的成熟和警觉，才能保持一个写作者最基本的清醒。

图书在版编目（CIP）数据

这个时代这些人 / 李佳佳著. — 北京 ：中国文联出版社，2016.7
ISBN 978-7-5190-1597-8
Ⅰ. ①这… Ⅱ. ①李… Ⅲ. ①访问记—作品集—中国—当代 Ⅳ. ① I253
中国版本图书馆 CIP 数据核字（2016）第 134261 号

这个时代这些人

作　　者：李佳佳

出 版 人：朱　庆
终 审 人：奚耀华　　复 审 人：蒋爱民
责任编辑：胡　笋　　责任校对：傅泉泽
封面设计：门乃婷工作室　　责任印制：陈　晨

出版发行：中国文联出版社
地　　址：北京市朝阳区农展馆南里 10 号，100125
电　　话：010-85923067（咨询）85923000（编务）85923020（邮购）
传　　真：010-8592230000（总编室），010-85923020（发行部）
网　　址：http://www.clapnet.cn　　http://www.claplus.cn
E - mail：hex@clapnet.cn　　hus@clapnet.cn

印　　刷：北京市十月印刷有限公司
装　　订：北京市十月印刷有限公司
法律顾问：北京天驰君泰律师事务所徐波律师
本书如有破损、缺页、装订错误，请与本社联系调换

开　　本：640×960　　1/16
字　　数：140 千字　　印　　张：18
版　　次：2016 年 7 月第 1 版　　印　　次：2016 年 7 月第 1 次印刷
书　　号：ISBN 978-7-5190-1597-8
定　　价：39.80 元